君色
ゆあ
～ベランダ越しの恋～

登場
人物紹介

Rin Kadokura

門倉 凛

この物語の主人公。
市立南高校１年生。
内気な性格で
友だち付き合いが苦手。
財布を忘れた日、
純弥に助けてもらった。

Junya Haruyama

春山純弥

聖鈴高校２年生。
かなりのイケメン。
凛の隣の家に住んでいる。
ベランダ越しに
交流しはじめる。

Mana Mitsuzawa
光澤真奈
凛と同じクラスで
凛の唯一の友だち。
明るい性格で友人が多い。
ハーフに間違えられる
ほどの美人。

Miho,Tsugumi
美保、つぐみ
凛と真奈のクラスメイト。
バスケ部に入ってる。

Nakahata
中畑
凛と同じクラスの男子。
凛のひとつ前の席に
座っている。

目次

モデル／中川大志、大友花恋
撮影／堀内亮(Cabraw)、スタイリスト／山田祐子
ヘアメイク／池上豪(中川さん)、中軍裕美子(大友さん)
衣装協力／GU、マジェスティックレゴン、UNIQLO、
one after another NICE CLAUP
撮影協力／EASE、鈴木絵都子

KIMIIRO.

駅前・バスターミナル

あ、どうしよう。

――駅前のバスターミナル。
お財布を忘れた上に、
いつの間にか切れていた定期。
入っていた少しのチャージも残高は20円。
ぼんやりと、ベンチに座って行きかう人の流れを眺《なが》める。

あ、やだ。
泣きたくなってきた。

頭に浮かぶのは、しわくちゃにしちゃった千円札。
台所のテーブルの上にあった、あのお金。
見ていたら無性に悲しくなって、握りしめていた手に力が入ってしわくちゃになってしまった。
急いでお財布に入れようとしたけど、時間がないのに気がついて、そのまま顔を洗って支度《したく》して。
飛び出してきちゃったから。
あの家には、いたくなくて。
身体が、最優先にそれを行動にうつしてしまうんだ。

どうしよう、このままじゃ遅刻しちゃう。
ここでこうしていても仕方ないのに、どうしても足が動かない。

「……はぁ」
朝から、ため息。
イケナイ、ってわかっていても、つい口からはため息ばかりがこぼれてくる。

「どうしたの」
その時、ベンチの隣にいつの間にか座っていた男の子が、私に声をかけてきた。
「……っ！」
驚いて、声も出なかった。
「泣きそうな顔、してるよ」
見たこともない彼が、そう私に話しかけている。

髪は猫っ毛で、ほんのりとした栗色。
バスターミナルの風景が全部消し飛ぶくらいの、
端正な顔立ち。
整った眉、
綺麗な二重、
通った、鼻筋。

「聞いてる？」
「うっ、うん」
思わず見とれてしまっていた私は、言葉を失っていた。
「何か、困ってるんじゃないの？　さっきから、ずっとそこにいるよね？」
「えっ」
いつから見られてたんだろう。
恥ずかしくて熱がこみ上げてくる。
「なんでもないんだ」
「そうは見えないけど？」

うつむいた視界の先で、彼の制服にじっと視線を向けた。
あ、この制服、聖鈴《せいりん》高校の制服だ。
私が通う市立南《みなみ》高校は、ここから五駅先。
そのひとつ先、六駅先に、聖鈴高校はある。
うちは割とお堅い校風だけど、聖鈴高校はここらじゃ有名な自由な校風。なのに偏差値は高い。

時間はもう8時になろうとしていて、このままじゃ彼まで学校に間に合わないんじゃないか、って。
意を決して顔をあげた。
「お腹《なか》が痛くて、もう……大丈夫だから」
「そうなの？　ちゃんと歩けるの？」
チク、っと胸が痛い。
それは、嘘《うそ》をついちゃったから。
心配そうに私の顔を見る、この名前も知らない彼に、
私は嘘がつけなくて、本当のことを口にした。

「実はお財布、忘れちゃって」
恥ずかしい。
穴があったら入りたい！
カアっと顔がほてっていくのがわかる。
こんな見ず知らずの人に、自分のドンくさいトコをさらけ出すのが格好悪くて。
しかも、すっごくカッコいいのに。

「なんだ、じゃあ。貸してあげるよ」

KIMIIRO.

クラスメイト

「え？　それで名前も聞かずにお金借りてきたの？」
休憩時間。
ギリギリＨＲ《ホームルーム》に間に合った私は、騒がしい教室の中で真奈《まな》にそう叫ばれた。
「うん、だって」
「じゃあ、どうやってお金返すのよ」
……それは。
「また、明日ね、って」
「えー！」
そう、緊張が解けなくて、私はお金を借りておきながら、名前も聞けないまま、彼と一緒に電車に乗って学校に来た。
「それで？」
「う……。一緒に来た」
「それはさっき聞いた」
「……うん」
「ぼやっとしすぎだよ、凛《りん》。で？　電車で名前も聞かないまま何話したの？」
「え？」
ちょっと興奮気味に、真奈が私に追い打ちをかけてくる。
「ん……とくに」
「だぁー！　もったいない！　カッコよすぎて緊張でもしたの？」
「そういうんじゃないけど」
背はわりと高くって。

でも、線がほそくて。
つり革を持つ腕が、まくられたシャツから出ていて、筋肉質だったのは、覚えてる。
でも正直、顔はあんまり見れなくてずっとうつむいていた。
一人っ子の私には、身体の弱い母親がいる。
異性なんかお父さんくらいしかいなくって。
オトコ友達なんかも、いないし。
「話すことなんか、そんな見つからないよ」
女友達だって、特別仲がいいのは真奈だけだ。

「えー？　何の話ー？」
真奈が騒がしくしていたから、美保ちゃんとつぐみちゃんが会話に混ざってきた。
私と違って真奈は友達が多い。
私は、真奈がいなくちゃ一人だと教室に居づらい。
学生生活のほとんどは、真奈中心で過ごしているといっても過言ではない。
「凛がさ、聖鈴のコにナンパされたって」
「ちょっ！　真奈！」
「えー？　聖鈴ー？」
「ナンパー？　やだー！　凛、やるねー！」
二人が楽しそうにそう茶化してきても、私は内心落ち着かないだけだ。
もじっとなった私を、どうにか輪の中に入れようとしている真奈の本心はきっと、真奈に頼ってばっかりの私が足手まといなだけかもしれない。

教室内にチャイムが鳴り響いて、私はやっと見世物から解放された。
真奈以外は苦手だ。
ＨＲで先生が書いた黒板を誰かが慌《あわ》てて消したのか、チョークの匂《にお》いが鼻に入ってきて、前から二番目の席の私の机にも、粉が落ちていた。
下敷きでそれを吹き飛ばして、教科書を出す。
「おい、門倉《かどくら》。前に飛ばしてくんなよ」
目の前の中畑《なかはた》君が、勢いよく振り返ってきてそう言った。
「あっ、ごめっ」
私は慌ててそう謝《あやま》った。
「……や、別に」

……はぁ。
女の子も苦手だけど、男の子はもっと苦手だ。
中学のころからろくに男子と話したことはないし、高校生になってからも、そんなものはいっこうに改善されない。
だからこういう時、どう返せばいいのかわからなくてすぐに謝ってしまうんだ。

この日もなんとなく一日が終わって、真奈と一緒に電車に乗って。
そこまではまだいいけど。
また、あの家に帰らなくちゃいけないのかと思ったら、駅を降りてから何回ついたかわからないため息を繰り返した。

KIMIIRO.

ベランダ

バス停で降りて少し歩くと目の前に大きくそびえ立つマンションがある。
マンションのすぐ近くにある森林公園から、セミの鳴く声が響くけれど、そんなこの季節が意外と嫌じゃない。
夜には、蛙《かえる》の鳴き声がうるさく響いて、静けさが苦手な私は、それに助けられる。

ただいまもろくに言わずに家の中に入って、今朝、しわくちゃにしてしまったテーブルの上の千円札を横目に通り過ぎて、私はまっすぐに自分の部屋に入った。
カーテンをあけっぱなしにしていた窓から、夕暮れの空が広がっているのが見える。
そのままガラガラ、と窓を開けて、ベランダに出る。
ベランダにあるのは、ハーブが数種類。
夏に強いハーブを梅雨《つゆ》の時期にお花屋さんで見つけてから、ちょっとずつ種類を増やして育てている。
レモングラスに、バジル。
この間仲間入りしたのは、スイートマジョラム。
生でも食べられて、乾燥させてもいい香りがするよ、って。
お花屋さんで、綺麗なお姉さんが教えてくれた。

「ただいま」
やっとプランターに向かってそう声をかけた私は、少し腰をおろしてハーブ達を眺《なが》めた。

昼間の熱気が、まだベランダに残っていて、身体にじりっと汗がにじんで、耳の後ろから汗がゆっくりと落ちていく。

夕焼けがだんだんと日を落としていくそのオレンジと紫色のマーブルな光景を、ぼんやりと眺めていたら、気がついたら涙が浮かんできていた。

「……お母さん」

もともと身体が弱かったんだ。
私が小さいころから、よく風邪をこじらせていたし、
何度も入退院を繰り返したりしていた。
お父さんはそんなお母さんが、この森林公園の近くに住みたいって夢をかなえるために、一生懸命働いて。
それでここを買ったのは、
私の高校受験が終わってからだった。
なのに引っ越してきてから、十日もたたない頃に
お母さんは、また、倒れた。
それから、まだ。
お母さんは、一回もこの家に帰ってきていない。

お父さんは朝早くに会社に行って、仕事が終わってから、
いつもお母さんのお見舞いに行く。
私はいつも週末にだけお母さんに逢《あ》いに行く。

お母さんに逢いたい、もちろんその気持ちは強くある。

でも、日に日に小さくなっていくお母さんを見ていると、
怖くなって、笑えなくなるんだ。
一人ぼっちの夜が怖くて
病院のあの薬の匂《にお》いも
暗い廊下も
無理して、「ちゃんと勉強してる？」って笑うお母さんの
苦笑いも
いつ、見れなくなるのかと思ったら、
どうしたらいいのかわからなくって、上手《うま》く笑えているの
かさえ分からない。

お父さんは、お母さんのことは何も私には話そうとしない。
でも、わかってる。
なんとなくだけど、見ていればわかる。
隠してたって、
お母さんのあの覚悟を決めた、凛とした姿と
日に日に言葉数が減っていくお父さんの姿で
お母さんに残された時間が
あともう少ししかないってことくらい
もう、子供じゃないんだから。
私にだってもうわかる。

くよくよしてたって仕方ないけど、この気持ちの整理の仕方がわからない。
こぼれおちた涙を何回もぬぐうことを繰り返し、私はやっと重い腰を上げた。

日が翳《かげ》ってからじゃないと、お水が温かくなってハーブがダメになってしまう気がして、いつも暗くなっていく空をこうして見ている。
毎日話しかけて、毎日世話をして。
小さなつぼみが、青々と茂っていく。
ハーブにしたのは、単に育てやすいからじゃない。

強くて、綺麗で
私を一人には、しないから。

亜鉛メッキのされた可愛いじょうろにお水を入れて
「すくすく育ってね」
って、声をかけながら水やりをする。

空が淡い暗闇になった頃、
ガラガラ、ってお隣さんがベランダに出てきた気配を感じて、私は息を殺した。
ここに引っ越してきてから、たまにベランダで遭遇するお隣さん。

引越しの挨拶《あいさつ》はお母さんが回ってたけど、私はこのマンションのフロアに誰が住んでいるだとかはあまりわからない。

引っ越してくる時に、街の端っこから遠く離れたここに越してきたから、中学まで一緒だった友達も近くにはもういない。
外に出かけることもそんなにないし、私は今日も隣人にわからないよう、息をひそめる。
ベランダから眺めるこの景色や空気の匂いは私も気に入っている。
お母さんに見せてあげたい、って。
また、そればっかり思い出して瞳に涙がにじむことの繰り返し。
そんな風にいつものようにクヨクヨしていたら、突然
ガチャン！
と、大きな音がした。
衝撃音に驚いてその方向を見たら、隣人の側の仕切りが、ずれていた。

「……あ」
大きな音にびっくりしたのもあって震えて縮こまった状態だった私だけれど、そこにいた人を見て思わず声を出した。
「こんばんは」
私とは正反対にやけに落ち着いた表情で、隣人は笑顔を私

に向けた。
私はまだ状況把握出来ていなくて、固まったまんまだ。
だって、そこにいたのは、朝、私に千円を貸してくれた男の子。

「となり、だったの……？」
「……そうみたいだな」
ウソ。
そんなこと、あるの？
びっくりしてそれ以上言葉が見つからない。

「あー、なんかネジ穴、ダメになってるな」
驚いて言葉の出ない私をよそに、落ち着いてマイペースな彼は、ずれた仕切りを手にしてそれを持ち上げようとした。
その時、バキ、っと。
「……あ」
「……あ」
さらに、こわ、……れた。
「やっべ」
「……」
その惨劇《さんげき》を、フリーズして見つめる私に、彼は極上の笑顔をむけて、
「ま、いっか」
そう、呟《つぶや》いた。

や、やや。
よくないんじゃないかな……。

「それ」
この由々しき事態に全く焦りも見せずに、彼は私のほうを見てそう言った。
「……それ？」
彼の指先は、私の目の前のプランターに向かっていて、
「ハーブ？」
「ハーブなんだ、それ」
「……うん」
「へー」
……なん、なの？

どうでもいい会話をしていたら、やっと落ち着いてきた私は、
「あ！　お金っ」
お金を借りていたことを突然思い出しそう叫ぶと、部屋の中に入った。
台所のしわくちゃの千円札を思い出して、
あんなんじゃダメだ、って
焦って本棚の辞書を取り出す。
ここに、ちょっとだけ隠していたお年玉。
それをつかんで、またベランダに戻った。

「あのっ、コレ!!」
ちょっとだけ、興奮していた。
「あー、急がなくてよかったのに」
「でもっ」
「お隣だし、いつでもよかったよ？」
そう笑う彼の笑顔に、ちょっとだけ胸がキュンと音をたてる。
完璧なルックスでその笑顔は反則だ。
耐性《たいせい》のない私はどう反応したらいいのかわからないし、ドキドキが止まらない。
「いま、知ったし」
「ぶはっ！」
急に彼は笑いだして、
「そっか、そだな」
そう言って、わたしの差し出した千円札を手にとった。
「あーでも、これ、どうすっかな」
あまり困った様子にも見えない彼が、外れた仕切りを眺めてはにかむ。
「あぶねーし、とりあえずよけとく？」
悪戯《いたずら》っぽく笑った彼の笑顔があどけなくて、朝に見たちょっと大人っぽい姿とリンクしない。
「……うん」
ベランダなんて、お父さんは出てこないし、なんだか私も、この仕切りが外れたまんまでもいいかな、って思っていた。

「あ」
また私は突然思い出して、そう呟いた。
「ん？」
「凛」
「……凛？」
「名前」
「ああ」
彼の、名前が知りたい。
そう、突然思いついた。
今までの私にとったら、あり得ない行動だ。
突然現れた、隣人は

「俺は、純弥《じゅんや》」

彼は、確かに。
そう、名を呟いた。

＊＊＊

妙に興奮して眠れなかった。
いつもは後ろ向きなことばかりを考えていて、闇が怖くて
灯《あか》りを消せずにお父さんの帰りを待つ。

雑音も苦手で、テレビも見ない。
いつも一人でいるこの家が、嫌い。
ちょっとでも安堵《あんど》出来るのは、ベランダだけで。

でもその空間に
また、ひそかな楽しみが出来たことで、
私の心が少し浮き足立っていたのかもしれない。
「またな」
純弥君はそう言って、部屋の中に消えていった。
私は名残惜《なごりお》しいわけじゃないけど、そのまんまベランダで
夏の夜風に吹かれていた。

暑くて、寝苦しい夜も、マンションの15階にあるこの部屋には、気持ちいいほどの強い風が吹く。
いつもなら開けっぱなしにしている窓も、仕切りがなくなったからさすがに不用心かと、ほんのちょっの隙間を残して窓を閉めた。
「……暑い」
やっぱり、もうちょっと開けておくか。
って、窓に近づいてそっと隙間を広げた。
30センチくらいになったその隙間から、
つい、覗《のぞ》き込むようにベランダに顔を出してみた。

「……あ」

「……お」
夜風に吹かれて、ベランダの壁に身体を預けていた純弥君と目があった。
でも、言葉が見つからない。
「あっちーよな」
「う、うん」
先に言葉を放ったのは、純弥君。
「外のが気持ちいいじゃん、な？」
「ふっ、うん」
無邪気に笑う純弥君が可愛くて、つられて私も笑う。
「壁、壊れた、っつたら、直すって」
「あ、そっか」
そりゃそうだよね、って。
ちょっと残念に思って、肩を落とした。

「窓」
「……え？」
「入ったりしないからさ」
まるで私の心を見透かしたみたいに、純弥君はそう言った。
「暑いだろ？　開けとけば？」
「……あ」
「親の部屋、あっちだし」
「ご、ごめん。そんなつもりじゃ」
「わかってるよ」

純弥君はそう優しく笑って、
「お年頃の男女だしな」
って、ケラケラと笑った。

余裕、タップリだなあ。
私なんか、アタフタして、軽くテンパってるのに。
「純弥君は、何年生なの？」
「俺？　俺は高二」
「ひとつ上だ」
「凛は、一年っぽいよな」
「う、どうせ」
「いいじゃん、若くって」
「ひとつしか変わらないのにー」
不思議だ。
純弥君と話していると、男の子は苦手だったはずなのに、自然に言葉が出てくる。
「聖鈴高校なんでしょ？」
「そう、凛は、市立南、だよな」
「うん」
ごく自然に、純弥君は私を“凛”と呼んだ。
名前を覚えてくれただけでも嬉《うれ》しいのに、恥ずかしくてどう反応していいのかわからない。
だから無理矢理話題を探した。
「今日、遅刻しなかった？」

「ん、ギリギリ」
「よかっ……」
「遅刻した」
「ええっ！」
「ちょ、しっ！」
純弥君は人差し指を口に当てた。
「ご、ごめっ」
「どっちの、ごめん？」
不敵に笑う、純弥君の笑顔が
闇夜で、キラキラ輝いているように見えた。
「え、と。両方」
「ふ、大丈夫」

純弥君は、不思議だ。
「ヒーローみたい」
「……え？」
「困った時に助けてくれて、どっしりしてて」
「相撲取りじゃねーよ？」
「ぶは！　そっちじゃないよー」
本当に。
純弥君には、不思議な力強さがあるように私には見えた。
「私も」
「凛？」
「私も、そんな強さが、欲しい」

私は弱くて非力な子供だ。
世間知らずで
洞察力も全くなくって
真奈が言ったみたいに、ぼやっとしていて
何も、見えてなかった。
この世で一番不幸なのは自分だと思っていた。
弱い自分が嫌いだった。
だから、自分以外の人を傷つけていることも
人の痛みにも気がつけなくて
一番、自分がその痛みを知っているくせに。
まわりに、甘えていたんだ。
自分が一番、可哀想《かわいそう》だから、って。

「あー、なんかちょっと寒くね？」
「風にあたりすぎたかなー」
「だな、凛も部屋入ってもう寝たほうがいいぞ」
今日、知り合ったばっかりの男の子と
こんな風に会話が出来て。
凛、なんて呼び捨てにしてもらって。
相手は、ヒーローみたいにカッコ良くて。
それ以外、何も知らないけど
「おやすみなさい」
「おー、おやすみ」

沈んでた気持ちが、軽くなっていく。

明日なんか来なくていいのに。
そう思っていた明日が、ちょっとだけ待ち遠しくなった。

KIMIIRO.

飽和《ほうわ》

翌朝、ベランダから入り込んできた清々《すがすが》しい空気に目が覚めて、ベッドから身を起こした。
昨日のことが夢だったんじゃないかって、おそるおそる身体をベランダにのりだす。

「……本当だったんだ」
まるで夢を見ているような気分だった。
昨日、ココで起きたこと。
全部、夢じゃなかったんだ。って目の前のお隣さんに続くベランダの光景を見てそう思った。
思わずニヤニヤして、花壇のハーブに視線を向けた。
「おはよう」
まだ、昇ったばかりの太陽はすでに明るく私を照らす。
今日も、一日が始まる。
けど、その始まりに少し胸がときめいたのは
きっと、純弥君の存在のおかげだ。

出てこないかな。
また逢《あ》いたいな。
なんて思ってすぐに、起きたての寝ぐせのことを思い出して、慌《あわ》てて洗面台まで走って行った。
今日も、机には、千円札。
お父さん、また早くに出かけたんだ。
それは、お母さんが倒れてから始まった。

朝早くに仕事に行って、お母さんのいる病室に行く。

私は諦《あきら》めて、洗面台の前まで行くと、鏡に映った自分に赤面した。
「あちゃー」
髪、ハネまくってるじゃん！
あぶない、あぶない。
こんな姿は純弥君に見せれない。
お父さんが、私を見てくれないのも、お母さんがもう、この部屋には帰ってこれないかもしれないことも、毎日、この千円札を見るたび、お前なんてどうでもいいよ、って言われてるみたいで悲しくて。
毎日。一日の始まりが、怖かった。

また、暗く落ち込んでしまった私は、部屋に戻ってベランダの外を見た。
そこにはいつもの森林公園の景色だけが広がっていて、横をチラリと覗《のぞ》き込んだけど、お目当ての人の姿はなくて。
そんな都合よく、毎回顔が見れるわけがないか。
はぁ。ってため息をついて、私は学校に行く支度《したく》を始めた。

少しだけ、変わった私の生活。
不思議なご縁の、お隣さん。
いつか、あの壁が修理されてしまうその時まで、あと数回でもいいから。
純弥君と、話せたらいいな。

＊＊＊

昨日と同じ、学校までの道のり。
通学途中、バスロータリー。
ここでなら純弥君に出逢えないかな？ってきょろきょろしながらバスを降りる。
同じバスに純弥君の姿はもちろんなくて、残念な気持ちで駅のホームにたどり着く。
いつもの電車、いつもの先頭車両の二番目のドアに乗り込むと、そこには真奈の姿。
「おはよー」
「おはよ、今日はお財布大丈夫？」
「もー、今日は大丈夫だよ」
「凛はそそっかしいから今日も心配したよ」
「真奈、そこまでぼやっとしてないよ」
「ホントかな」
私を妹のように可愛がってくれる真奈は三人姉妹の長女でしっかり者。
そんでもって一人っ子の私は、妹扱いされてるこの関係性が心地よくて仕方ない。

入学当初。
真奈は、この高校に入ってビクビクしていた私に、一番に声をかけてくれた。
「どこ中？」
それから、方向が同じ真奈と一緒に帰るようになった。
体育の授業で同じバスケのチームになった美保《みほ》ちゃんとつぐみちゃんと真奈が仲良くなって、それから気がついたら、真奈の周りには友達がいっぱいになっていった。
取り残されていく気持ちが日々募っていった。
私はいつも真奈の腰ぎんちゃくのようで。
けど、それでも良かった。
それでも、真奈は私とずっと一緒にいてくれたから。

そのくせ真奈に家庭の事情を話せていなくって。
昨日の出来事も
やっぱり、話せなくて。

すらっとした長身に、長いストレートの黒髪。
整った顔は、ハーフに見間違えられるほどに綺麗だ。
意思が強く、堂々としている凛としたその姿は、凛なんて名前の私よりも真奈のほうが似つかわしいくらいだ。

「真奈、呼んでるよ」
入学してから、まだ数か月。

真奈と一緒にいるようになってから、何度めかの、呼び出し。
「えー」
お昼休憩中に、真奈がまた呼び出されて。
「めんどくさいなー、もう」
と、本当にめんどくさそうに、席を立った。
「今度はだれかな」
「どうせ無駄なのにねー」
美保ちゃんとつぐみちゃんがクスクスと笑いながら、真奈を見送った。
廊下で伝言を頼まれた女子が真奈を見送って「すごいね」って笑ってから去って行った。
「どうせさ、ほら」
「だよねー、真木《まき》君だよねー」
二人のその会話に、私の息が止まった。
……真木、くん？
真木君は同じクラスのサッカー部の男子で、私はそんなに話したことはないんだけど。
「真木君が、どうかしたの？」
私はいつもなかなか入りづらい二人の会話に、さすがに驚いて思わず口をはさんだ。
「え？　知らないの？」
「聞いてないの？」
二人が本当に驚いた顔をして私を見たから、私は黙ってコクンとうなずいた。
胸が張り裂けそうなほどに苦しかった。
二人は顔を見合わせると、美保ちゃんのほうが静かにそっと呟《つぶや》いた。
「真奈が好きなのは、真木君だよ」
思わずその言葉に動揺してしまって、あたりが真っ暗になった気がした。

……真奈の、好きな人？
勝手に真奈と一番仲良しだと思っていた私は、そのあまりの衝撃に、食べていたパンが喉《のど》を通らなくなってしまった。
聞いてない。
私は、そんなこと真奈から教えてもらってない。

「あーもう」
ムスっとした真奈が教室に戻ってきても、私はそのことにふれることが出来ずに黙っていた。
私は普段からそんなにおしゃべりなわけじゃない。
ちょっと話さなかったくらいじゃ、誰も私の異変になんか気がつかない。
「誰だったのー？」
美保ちゃんが軽くそう真奈に話をふると
「さー？　二年の人」
いつものように、真奈がうんざりした顔でそう言った。

「あー、かわいそー、名前も覚えてもらえないんじゃねー」
「別に、付き合うわけじゃないんだから覚える必要ないんじゃない」
美保ちゃんとつぐみちゃんは、まるで自分のことのようにそう笑っているけど、当の本人はもうしらっとしていて「おなかすいた」と、お弁当の蓋《ふた》を開けた。

真奈は、なんでも持ってる。
見た目も良くて、お弁当を作ってくれるお母さんがいて、
堂々としていて、
友達も、いっぱいいて。
男子にも、いっぱいモテて——恋も、している。

なにもかも置いていかれている気分で、焦りがあった。
私には、何一つないものばかりだ。
それでも、真奈が大好きだった。
自慢の、信頼出来る友達だと、思っていた。
けど、午後の授業は全然頭に入らなくって。
下校中も言葉がなかなか出てこなくって。

「どうかしたの？　凛」
さすがに私の異変に気がついた真奈がそう声をかけてくれた。

「ううん」
喉の奥につっかえた言葉。
聞きたいのに、聞けない。
私はいつもこうだ。
思っていることが全部、口に出せない。

美保ちゃんとつぐみちゃんはバスケ部に入っているから、朝練と放課後の練習のため、登下校は毎日真奈と二人きりだ。
真奈といる時間は私のほうが多いのに、私だけが真奈のことを知らないなんて。
ショックすぎて、時間がたつにつれてその事実に耐えられなくて涙が出そうになってきた。
「じゃーね、凛」
私の最寄駅に着いて、先に降りた私に笑顔を向けてくれた。

真奈はいつもと変わらないのに
私の心は酷《ひど》くゆがんでしまって
真奈がかすんで見えた。
自分だって、真奈に隠し事
たくさんしてるくせに。

＊＊＊

いつもの道のりが、さらにおっくうになって、私はトボトボとバス停からマンションに向かって歩いた。
すっかり世界が灰色に思えて、家にも帰りたくないし、明日から学校にも行きたくなくなって、マンションに向かっていた身体を森林公園のほうに向けて方向を変えた。

何にも楽しくない。
中学生活もそんなに華やいでいたわけじゃないけれど、高校生活がこんなことになるなんて思ってもいなかった。
お母さんのこと。
友達のこと。
不安でどうしたらいいのかわからないことだらけだ。
下を向いていたら涙がこぼれそうになったから見上げたら、広い公園には緑の木々が生い茂っていて、空気が澄んで心地よい夕暮れの風が吹いていた。
目の前にあったベンチに腰をおろして、ジョギングやウォーキング、自転車で駆け抜けていく小学生たちや、散歩している人たちをながめて。
日が暮れてしまうまで、そこにいた。

暗くなってから、ベンチの硬さに身体が痛くなって、重い腰を上げようとしたその時
「凛？」
ふと目の前を見上げたら、そこには息切れした純弥君の姿。

「あれ？」
ジョギング姿の純弥君。
「練習か何かしてるの？」
「そんなんじゃないよ、体力作り。凛は？」
まさか、家に帰りたくないなんて言えない。

「あー。ま、いいや。暗いし、一緒に帰ろう」
「え、でも、走ってたんじゃ……？」
「いや、もう五周くらいしてたし」
「ごっ、五周⁉」
ここの森林公園には、ジョギングコースがある。
どのくらいの長さがあるのかは、私にはわからないけれど。
「すごいね」
「そんなたいした距離ないよ」
もう息が整ったのか、脅威の回復力で純弥君は私の隣を歩く。
不思議な感じ。
はじめて出逢《であ》って、一緒に電車で通学したのはつい昨日のこと。
あの時は緊張して声が出なかったけど
「あー、腹減った」
「……、だね」
ベランダでまた再会して、今じゃこうして普通に会話してる。

「凛は、夕飯なんなの？　今日」
「……え？」
マンションの灯《あか》りが微《かす》かに針葉樹の間から見える遊歩道。
「あ、うーん。考えてなかった」
私はその灯りをぼんやりと眺《なが》めながらそう答えた。
「あ、そなの？」
「う……ん」
毎日の夕飯はいつも一人。
そのうち、食欲もなくなってきて、
ここ最近は、何にも食べてない。
あったかいハーブティーを入れて、ほんの少しはちみつを
なめるくらい。
そんな毎日を送ってるなんて知られたくなかった。

言葉を濁《にご》した私のせいで、会話は途切れてしまって、
気まずい空気が流れた中、気がつけば遊歩道を抜けていた。
「ちゃんと飯、食ってる？」
ああ、なんで私こんな暗いんだろう。
もう、消えちゃいたい。
そんな風に思ってたから、
突然の純弥君の声にびっくりして
「えっ」
そう、大きな声を出した。

「ふはっ、デケー声」
「ごっ、ごめん」
「思ってたんだけどさ、顔色悪いよ？」
「……そっ」
「俺さ、今日一人だし、一緒に飯食う？」

息が止まるかと思った。
あんまりにもナチュラルに、空気みたいに
純弥くんは、そう言った。

「どうして？」
「今日、誰もいないし。一人で食う飯、味しないんだよ」
「あっ、あたしもっ！」

純弥君の一言で私のカラカラしていた心に水が染み渡るみたいに満たされた気持ちが広がった。
今日もまた、どんよりした気持ちで
明日が見えなくて
そんな、渇《かわ》いた心に。
純弥君の言葉が、あったかく染み渡ったんだ。

普通にクラスにいたら
普通に学校で出逢っていたら
こんな風には、なってなかったかもしれない。

純弥君は、背も高くて芸能人でもおかしくないくらい、
カッコいいのに気さくで、
私が緊張してることなんて全部わかってそうなのに。
私の壁を、とっぱらってくれる。
あの、ベランダの仕切りみたいに。

「じゃ、後で」
そう言って、玄関のドアのまん前で、純弥君と一回サヨナラして。
開いたドアの先。
あんなに大嫌いだったうちの玄関が、まるで違う世界のように感じた。
靴を勢いよく脱ぎすてて、まっすぐ部屋まで駆け抜ける。
高揚していた。
気持ちが、よくわからないくらい、たかぶっていて飛び込んだ部屋。
慌《あわ》てて服を選ぶ。
汗が額にうっすら滲《にじ》む。
息をきらせていたことに気がついて、ゆっくり深呼吸した。
「はぁあああっ」
息をすることも忘れて興奮していたみたいで、まだ胸がドキドキいってる。
勢いよく吐き出した息をまた吸い込んで、
私はクローゼットを開けた。

鏡の前で、あたふたしながら、着替え終わって、カーテンを開く。
「あっ、お水！」
慌ててジョウロに水を汲《く》みに走って、もどってきて、ハーブにお水をあげた。
また深呼吸を、する。

「ただいま」
「おかえり」
「うわぁ！」
びっくりして、上を見上げたら
イタズラに笑ってる純弥君の姿。
「ごめん、ごめん。びっくりした？」
「びっくりし、た」
思わず、窓のサンに尻餅《しりもち》ついちゃった私に、純弥君が長い腕をさしのべてくれた。

「凛、おかえり」

瞬間。
胸が熱くなって、涙が出そうになった。
ずっと
ずっと

おかえり、なんて。
誰も言ってくれなかったから。

「純弥君も、おかえり」

握った純弥君の手は、少し汗ばんでいて
すごく、熱かった。
男のコの手を掴《つか》んだのなんて、幼稚園の遠足の時ぶりだ。
中学生の時だって、
高校生になった今だって。

「凛、腹減った」
「うん、そうだね。何食べる？」
本当は胸がいっぱいで。
いつもよりお腹《なか》が空《す》いてなくて。
どうしようもないくらい、
どうしたらいいか、わからないくらいだったけど
「そうめん？」
「あは！」
純弥君の意外な言葉に、私は噴き出した。
「やー、なんかさ。走った後に濃ゆいもんて、微妙じゃね？」
「うん、私も」
「凛、走ってねーじゃんか」

ぶっ、て純弥君が、笑う。
「いろいろ、小走りしたんだもん」
「体力なさすぎ」
「うん、確かにない」
ははって笑って純弥君のほうを見る。
運動が得意なわけでも、勉強がすごく得意なわけでもない。
私には、秀《ひい》でたものなんてなんにもない。

「こっち来れば？」
ベランダの壁がとれて、外枠だけのベランダ。
行き来しようと思えば自由にくぐれるその壁を
私はドキドキしながらくぐって、
純弥くんのおうちの敷地に足を踏み入れた。
それは、私にしてはすごいことだった。
驚くほどに、行動的。
自分でもびっくりの、その行動。
「部屋の間取り、同じ？」
「……うん。鏡みたい」
私の部屋の位置と対称的に配置されたリビング。
ウチとは違って、少し家庭の香りがする。
だけど、途中通り抜けて来た純弥君の部屋に少し違和感を
覚えた。
それは、あまりにも殺風景でモノが何にもなかったから。
生活感が、ない。

まるで、お父さんたちの寝室みたいな。

「準備してた」
にへっ、っと笑った純弥君が台所に立ってそう言った。
見れば、お鍋にお湯を沸かしていて、テーブルにはそうめんの束。
「棚の奥にあった」
ご機嫌に笑うその姿が可愛くて、私も隣に立って準備する。
「氷、ある？」
「冷蔵庫にあるから、出して」
「勝手に開けてもいいの？」
「いーよ」
まるで夢でも見てるんじゃないのか、ってくらい
目の前がチカチカする。
これは、現実。
でも、実際は――純弥君が私に見せていた、幻の世界。

この時。
そんなことには、全く気がついていなかった。

冷蔵庫にあったトマトを見つけて
「ね、コレ、食べてもいいのかな」
「トマト？　いーよ」
ちょうど大きくなってたハーブ。

「スライスして、サラダにしよっか」
「あ、いーね」
「ちょっと待ってて、ハーブ摘《つ》んでくる」
「え、あれ食うの？」
「そだよ、美味《おい》しいよ」
驚いた顔した純弥君に私はそう答えて、足早にベランダから自分のおうちのベランダに戻る。
変な感じ。
くすぐったい。
青々と茂っていたハーブをなでて、
「ごめんね」
食べれらるとはいえ、実際口に入れるのはこれが初めてだ。

美味しいよ、なんて言ってはみたものの
ちょっと自信がなかったり。
台所からボウルをもってきて、ハーブの葉を一枚一枚丁寧《ていねい》に摘みとる。
ちょっとした罪悪感。
チク、っと痛む胸は
何の後ろめたさから、来てるのかな。
暑い熱気のこもった風が、ベランダをくぐりぬけていく。

「凛」
その声に上を見あげたら、純弥君がこっちを見て立っていた。
「出来た」
「えっ、早い！」
「ははっ、そうめんだからな」
持ってたボウルごとハーブを純弥君に手渡すと
「オリーブオイルと、調味料取ってくる！」
私はそう言ってまた部屋に駆け込んだ。

私たちの時間は
自然に、……ゆっくりと
それでいて、とてつもないスピードで
未来に向かって、走り出していた。

＊＊＊

「これウマイ」
スライスしたトマトにバジルを刻んで、オリーブオイルに
岩塩。
ブラックペッパーをかけた、さっぱりしたトマトサラダ。
「美味しいね」
ビックリした顔をしてたら
「え、初めて？」
「う、うん」
「ぶは！　チャレンジャー」

「へ、へへ」
ちょっぴり酸味のあるトマトは、すごく甘いってわけじゃなかったけど、暑くて、緊張した身体にはちょうど良かった。
「元気出た？」
「え？」
純弥君の声に、お箸《はし》に挟《はさ》まっていた麺《めん》が、するりとつゆの中に落ちた。
「笑った顔、初めて見たから」
「……」
「さっきも、ベンチで。って、凛はいっつもベンチで困った顔してる」
言ってしまったら、いいのか。
そんな迷いで、頭の中がこんがらがって。
「……なんでも、ない」
言ったからって
ここから抜け出せるわけじゃない。

お母さんがいなくなるかもしれない。
学校じゃ、孤立してる。
お父さんは、私のことなんて、ちっとも見てくれない。
私なんて、
誰も、必要としてくれない。
いなくたって、どうでもいい存在。

なんの取り柄もないし、ちっぽけで、無力だ。

「無理に、言わなくってもいい」
私は深く考えすぎて言葉に詰まっていたことにハッとして純弥君の顔を見た。
「なんか、わかる」
ボソ、っと。
そう呟《つぶや》いた純弥君は、一気に麺をすすると
「終わり、もう凛の分。ねーよ」
にか、っとはにかんでそう言った。
ふと見たガラスの器には、とけた氷だけが水に浮かんでいた。
「あ」
そんなに食の進んでなかった私に、もしかして、気を使ってくれた？
なんて考えすぎかな。

最初から、最後まで。
——純弥君は私のことを、しっかりと見ていてくれた。
この時は、そんなことに気づこうともせずに、身をまかせていた。
いつも、他人にたよってばかり。

「ありがとう」

私はお箸を器にのせると、両手を合わせた。
「ごちそうさま、洗い物、するね」
「お、サンキュー」
やっとここで私は、純弥君が気を使ってずっと励《はげ》まそうとしてくれてたんだ、って。
やっと純弥君の優しさに気がついた。
「り――」
「私ね」
話そう、きちんと。
そう思って決心した私は、
何かを言いかけた純弥君の言葉をさえぎって、
言葉を一つずつ
丁寧に、ゆっくり続けた。
「お母さんが……」
「……うん」
ホロリと、涙が頬《ほお》を伝う。
まだ何も話していないのに、もう涙がこぼれ落ちてきた。

水道の水がザーザー音を立てていたけど
視界は水中みたいにぐちゃぐちゃになっていて
ほとんど、言葉が言葉になっていなかったように思う。
「お母さんが、いなくなっちゃう」
私が今一番、この世界で恐れてることを言葉にする。
口にしてしまえば、それは私に大きなダメージを与えた。

いつも心はここになくて
友達といても、身体がいつもふわふわしてる。
今、こうして純弥君みたいなカッコイイ人と一緒にいて緊張しすぎないのも、きっと、私の身体のネジがどこかはずれちゃってるからだ。
緊迫した状態で、いつも気を張り詰めていたけど
我慢していたいろんなことが、
自分の中でボロボロと崩壊していく。
人格だって、どれが本当の自分だったかもわからなくなる。
「大丈夫、凛だけじゃない。泣いたらいい、辛《つら》いなら。
何でも言って。聞いてやるしか、出来ないけど」
そう聞こえた純弥君の声が、麻痺《まひ》した鼓膜にくもって脳に伝わる。
いつの間にか純弥君の腕の中。
その声の感情を読み取る余裕もなくて、私は思いきり泣いた。
泣いたってどうにもならない。
未来を変えたいと思っても、現実は容赦なく、
無力な私を襲ってくる。
「一人じゃない」
私の涙が枯れるまで。
純弥君は、ずっと。
私の頭を、優しくあやすように撫《な》でてくれた。

＊＊＊

「泣き虫」
「泣いてもいい、って。純弥君が言ったのに」
「そうだっけ？」
森林公園の向こう側に広がる夜景。
少し温度が下がった夜風に吹かれて
私たちはベランダにもたれて遠い景色を眺《なが》める。
不安しかない。
闇夜に広がる森林公園のオレンジの街灯が、胸騒ぎをさらに後押しする。
普通に見れば、綺麗なんだろうけど、
胸の奥がつっかえたみたいなモヤが、全てを寂《さび》しく見せるんだ。

柔らかいのに、どこか寂しげに。
純弥君は、優しく微笑《ほほえ》む。
「理不尽なことばっかだよな」
私は自分のことで精一杯で、純弥君が何を言おうとしているのかがよくわからない。
辛くて不安で、苦しいのは。
自分だけだと思っていたから。
「どうかしたの？」
ぐすっ、と鼻をすすって、

ベランダに頬杖ついて遠くを見てる純弥君の方を見た。
私の身体は、うちの敷地。
純弥君の身体は、純弥君ちの敷地。
私達は、それぞれのベランダから、同じ景色を眺める。

「凛だけじゃないんだよ、悩みゴトがあるのは」
ふは、って笑って
「だから、やせ我慢する必要ないんだ。俺たちは、悲しい想いをするために生まれてきたわけじゃない」
「……」
「凛には、凛の世界がきちんとあるだろ」
風に溶け込むように。
純弥君がそう言った言葉が。
私の身体に、染み渡っていく。
「嘆《なげ》くばかりじゃ、今は変わらない、って。
口で言うと、安っぽくなんな」
苦笑いした純弥君が、笑いながら顔を手で覆《おお》った。
「なに、してんだろな」
ボソリ、と呟いたその言葉の意味もまるでわかってない私が、感極まって、声をあげる。
「あたしはっ！」
孤独だった気持ち、純弥君のおかげで。
少しでも、和《やわ》らいだし。
けど、それを上手《うま》く伝える言葉が見つからない。

「私のことも、たっ、頼って、くっ。くれれば」
途中まで話して、私はそんなこと出来っこないのに
自信もなくなり、
語尾は、ほとんど声にならず。
学校でも、頼りにされて、ないし。
「うわ、超頼り甲斐《がい》ある」
そう笑う純弥君の顔を見て、私は困った顔で唇を噛《か》み締めた。
「頼るだなんて、そんなこと初めて言われた。そんな友達、いないし」
「なんで？」
「なんで、って」
「じゃ、俺は？　友達になってよ？　俺、友達いねーからさ」
え？
純弥君が友達がいない？
「嘘《うそ》だあ」
「ホント」
「そんな風に見えないよ」
「俺だって、凛がそんな風には見えないけど？」
「……え」
「いるだろ？　ちゃんと」
とも、だち。
「わかんない」

昼間のことをまた思い出して、胸が苦しくなる。

「なんかあった？」
心配してくれる純弥君にこれ以上迷惑をかけたくなくて。
私は顔を横にふった。
「ううん」
泣いてばっかじゃだめだ。
嘆いてばかりじゃ、だめだ。
「凛さ」
「ちゃんと、お母さんに毎日逢《あ》いに行けよ」
「……え」
「後悔するぞ」
ずしん、と。
純弥君の言葉が、胸に響いた。
「なんで、お父さんと一緒に行かないの？」
私が行けないのは。
「今しかないぞ」
怖いから。
全部、見たくなくて
逃げてる、だけなんだ。

「凛」
さっきまでのおちゃらけた純弥君とは別人のような
全然違う、力強い眼差し。

純弥君はいつだって、まっすぐ私を見る。
「凛だけじゃない、一番怖いのは、誰だと思う？」
純弥君にそう言われて、私はハッとした。
ずっと一人でうじうじして
ずっと自分のことばっかり考えて。
「今、ある時間を大切にしなきゃダメだ」
そんな当たり前のことに、気がつけなかった。

「ほら、あの葉っぱ」
「葉っぱ……」
「緑のやつ」
「同じだよ」
ふふ、って笑ったら、純弥君は安心したような笑顔を私に向けた。
「凛の笑った顔、いーよ」
「……え」
「そっちのほうが、全然いい。ずっと、笑っててよ」
そう言われて、何だか照れ臭くて反応が出来ない。
「お母さんにも、食べさせてあげたら？
毒味なら、俺達がしたから大丈夫だろ？」
「どっ、毒味って！」
純弥君の言葉には、魔法がかかってるみたいだ。
沈んだ気持ちが、軽くなる。
そして、笑顔になれる。

まだ、この得体のしれない不安がなくなったわけじゃないけど、
「うん」
純弥君が背中を押してくれたから
頑張れる、って思った。

KIMIIRO.

帰ろう

辛《つら》い気持ちを和《やわ》らげてくれた純弥君のおかげで、不安が消えたわけじゃないけど、胸のモヤモヤは少し軽くなった。

その日はお父さんの帰りを待って、私は久しぶりにリビングでテレビをつけた。
呑気《のんき》にそんなことしている場合じゃないって、見ないようにしていた。
液晶の中の人達をじっと見つめる。
このハコの中にだって、きっと。
いろんなヒトの人生がつまってるはず。

カチャ、っと玄関から音がして、私はテレビを消すと、パタパタと音をたてて走った。
「お父さん、お帰りなさい」
久しぶりに見たお父さんは、少し疲れた顔をしていて
何だか小さくなったように見えた。
「た、ただいま」
驚いた顔をしたお父さんが、私をまじまじと見つめる。
こんな風にお父さんと目を合わせるのだって、すごく久しぶりだ。
「お父さん。私も明日、お母さんの所、行っていい？」
「……ああ」
「毎日、行っていい？」
「どうしたんだ、急に」

「お母さんと一緒に、お父さんと三人で一緒に、……いたいよ」
あ。
ダメだ。
感極まって、思わず涙が出そうになる。
きっとさっき、涙腺《るいせん》が緩《ゆる》んじゃったんだ。
「私ね、もう。子供じゃないよ」
ほっぺたが痒《かゆ》くなって、いつの間にか涙がこぼれ落ちていたことに気がついたけど。
私はまっすぐお父さんの顔を見た。
「……凛」
お父さんはそんな私を抱きしめると、ギュッと、力強く腕に力を入れた。
そして私を抱きしめたまんま。
ぽつりぽつりと、お母さんの病気のことを、話してくれた。

お母さんの病気は"再生不良性貧血"というもので、
現在は重症だということ。
合併症の心配があるからと骨髄《こつずい》移植をせずに、免疫《めんえき》抑制療法を試していたけれど、病状はさらに悪化。
お母さんには、もう時間がないということを、お父さんはゆっくりと話してくれた。
私に話したくてお父さんも迷っていたこと。
お父さんの不安の感情が、涙ぐんだ表情から伝わってくる。

私だって、怖い。
それはお父さんだって同じで、
お母さんは、もっと。怖いはずだ。

「私、……お母さんに、何をしてあげられる？」
お父さんの胸の中で、私はすすり泣きしてそう声をひねり出した。
お父さんから返事がかえってくることはなかったけれど、その想いは私にちゃんと伝わっている。
「凛、明日お母さんと話そう」
私たちは、お母さんを失いたくなかった。
ただ、それだけだ。
そんな希望は現実ではとうてい手の届かない願望でしかない。
でも、嘆《なげ》いてばかりでは、現状はどうにも好転しない。

それでも奇跡を信じたかった。
聞いたこともない病気だから、
もっと未来が見えるんじゃないか、って。

＊＊＊

そして翌日訪れた病院で、私はその現実と対峙《たいじ》した。

現実ってむごい。
神様なんていない。
やっと現実と向き合おうとした私を待っていたのは、
辛い、現実。

ほんの数日。
時間にしたら、たった120時間。
たったそれだけの間に、お母さんは痩《や》せ細って。
前にもまして、肌の色はくすんでしまって。
「凜」
シワが増えて、
私の名前を呼んで無理して笑った顔が、すごく辛そうで。
私はお母さんをまっすぐに見れなくて、衝動的に病室から
飛び出した。

こわい！
こわいよ。
お母さんのいない世界が来るのが、怖くて仕方ない。

やっぱり私はまだ子供で。
まだ、大人になんかなれなくて。
やっと踏み出した一歩なのに。
お母さんにはあと何時間、時間が残されているんだろう。

病室を飛び出した私は、全速力で階段を駆け上って屋上に飛び出した。
赤黒い空。
雲は炭みたいな色でどんよりと空を漂《ただよ》っている。
景色に溶け込んでいるその雲が不気味な空の下、
私は心臓を鷲掴《わしづか》みにされたような鈍い痛みに襲われた。

こんなもんじゃない。
お母さんの苦しみは。
でも、私も。
怖いよ。

そのまんま屋上の奥の角まで歩く。
大きな声を出して泣きたかったけど、強く歯を食いしばって我慢していた。
けれど、突き当たりについて我慢しきれずにその場で泣き崩れた。
知りたくなかった——お母さんの病気のこと。
見たくなかった——お母さんが病気に侵されていくその姿を。

私はもっと
お母さんといたい。

泣き崩れた私に影が覆《おお》いかぶさった。
そんなことには気がつきもせず、私は泣きじゃくっていた。

お母さんとやりたかったこと
お母さんと話したかったこと
お母さんにしてあげたかったこと。

全部、私の中で後悔となって膨《ふく》らんでいく。
「凛、ちゃん」
そう何度か私を呼ぶ声に
私はしばらく気がつかなくて。
ふと開いた視界に、脚が見えて
やっと気がついた私は、泣きながら顔をあげた。

いつの間にか空から色みが消えかかった薄暗い中、
そこに浮かぶ輪郭《りんかく》は、
「純弥く……ん」
そこに純弥君がいたことが信じられなくて、涙に滲《にじ》んだ景色に浮かぶ純弥君を、嗚咽《おえつ》しながらただ見つめた。
「泣かないで」
くらがりで見えないその表情から、聞こえた純弥君の声。
その瞬間。
パパッ、と屋上に蛍光灯の光が点灯した。

「泣き虫」
クスリと笑った純弥君の表情は、蛍光灯の光を青く反射させて、とても儚《はかな》く光を帯びているように見えた。
「純弥……くん？」
どうしてだろう。
姿カタチはまぎれもなく純弥君なのに
どうして私はまた、そう問いかけてしまったのか。
「昨日も、今日も。泣いてばっかりじゃ駄目だよ」
そう、うっすらと微笑《ほほえ》んで
安心したように純弥君は呟《つぶや》いた。

「そばに、いてあげて。いっぱい、いてあげて」
そう呟いた純弥君の言葉がまっすぐに私の心に染み込んだ。
「……でも」
「大丈夫、大丈夫だから」
「……う、ん」
コンクリートの床の上に座り込んでいた私に、純弥君はそっと手を差し伸べてくれた。
これで、何度
私はこの手に引き上げられたのだろう。
握りしめた手のひらは
ビックリするくらいに冷たくて
私は、その体温の低さに驚いた。
ちょっとした、違和感。

私はそれが何なのかはわからなかった。

「さ」
そう私の背中を、ポン。と軽く押してくれた純弥君。
私は不思議に思って、その姿をもう一度振り返って確認した。
純弥君はにっこりと微笑むと、
「ありがとう」
そう、呟いた。
「……え？」
「はやく」
どういう、意味なんだろう。
お礼を言うのは私のほうなのに。
「純弥君、ありがとう」
私は涙でぐちゃぐちゃになった声でそう言った。
その場にじっと立ったまま動かない純弥君はコクリとうなずくと、私に手をふった。
私はそれを確認すると、まっすぐ来た道を戻っていった。

＊＊＊

そのまま病室の前まで戻ってきたのはいいけれど、中に入りづらくて私は入口の前で突っ立っていた。
何回も深呼吸して、何回もさっきの純弥君に後押ししても

らったことを思い出して
今度こそは！　って、ドアを開けた。
「……凜！」
心配そうな顔をしたお母さんが、私の名前を叫んだ。
「ごっ、ごめんなさい‼」
私はそのままお母さんめがけて走った。
「お母さん、私、もっと一緒にいたい」
今の私の本心の全て。
「お父さんと、お母さんと、三人で一緒に、もっといたい」
それが、私のわがままだったとしても。

お母さんとの時間。
お父さんとの時間。
もう、満ち足りて、溢《あふ》れかえるくらい
ずっと、ずっと消えないくらい
たくさん記憶に焼き付けたい。

「……凜」
「毎日ここにいる、学校行かなくても、いい？」
大好きなの
いなくなったら、困るの。
本当は、ずっと
私が大人になって、旦那《だんな》さんが出来て

孫が出来て、……それで、それで、それでね？

でも、そんなことが無理なのはわかってるから。
「お願い」

一日でも、一分でも
一秒でも
ずっと、いてよ、お母さん。

私を抱きしめて、お母さんはやさしく背中をなでながら
ゆっくりと、落ち着いた声で
「凛」
決心を、呟いた。

「おうちに、帰ろうね」

一緒に、暮らそう。
もう一度。
家族、みんなで。

KIMIIRO.

告白

自宅療養。
それは、もうずっと前からお母さんが望んでいたこと。
けれど、病状が不安定なお母さんを心配して、お父さんはそれを決めかねていた。
この日。
病院に泊まることが出来ない私たちは、ギリギリの時間までお母さんと一緒にいて、そして帰ってきた。
家に帰れると決まったお母さんは本当に嬉《うれ》しそうで。
このときの私には、家に帰るということが本当はどういうことなのかわかっていなかった。

自分の部屋に戻って、熱気のこもった空気を入れかえるために窓を開ける。
夜風が部屋に流れ込んできて、カーテンがそれになびいて揺れた。
私は窓枠にしゃがみこむと、ベランダにあるハーブに目を向けて
「ただいま」
そうやわらかく呟《つぶや》いた。

「おかえり」

その声にハッとして、私は見上げる。
そこには、純弥君の姿。

ベランダの壁にもたれていた純弥君が不敵に笑う。
「さっきは、ありがとう」
私はそう言うと、お母さんが帰ってくることになったことを話した。
「良かったな」
落ち着いた、純弥君の声。
私はその声に安心して、その場に腰かけた。
「うん」

純弥君がくれる、「おかえり」。
ずっと欲しかった言葉。
普通に生活してれば、それはきっと、何のへんてつもない当たり前の言葉。
家族でもなんでもない、つい最近知り合ったお隣さん。
けど、その純弥君からもらったものは、数多くありすぎる。
「……あ」
お父さんがいる間に、ベランダで純弥君と話すのはこれが初めてで。
なんだか、イケナイことのように感じて、私は突然焦り始めた。
「なに？」
「かっ、壁っ」
「へ？」
「壁、い、いつなおるの？」

お父さんには、まだこのことを話していない。
「あー、当分、まだじゃん？」
思い出したみたいにそう呟いた純弥君に、ちょっと安心。
聞いてはみたものの、直ってほしいとかちっとも思っていない。
なんだ、すぐに仕切りがまた戻っちゃうわけじゃないんだ。
って確認したら、ほっとした。
「そっか。……あ」
そんで、突然思い出して私はまた呟いた。
「純弥君、さっきどうしてあんなところにいたの？」
そうだ。
さっきは気が動転してたから、突っ込む暇《ひま》もなかったけど。
どう考えたって、純弥君があそこにいるのは不自然だ。
「凛が泣いてたから」
「……え？」
「凛が泣いて、困ってたら。いつでも、助けに行くよ」
不敵に。
自信満々に。
「そっ、そんな」
「どー？　カッコよくね？　ふは！　まさに、ヒーロー」
カアアっ、と、熱が込み上げてくる。
それ、冗談になってない。
「な？」
「……も、もう」

「凛が言ったんだろ、ヒーローみたい、って」
「よく、自分でそんなこと言える」
「ははっ、スゲーだろ」
「……ふ。……うん」
ドキドキする心も
緊張しちゃう私の全てを
純弥君はいつも、うまくほぐしてくれる。

「ほんと、ヒーローだね」
夜風は生ぬるくて、ちょっと湿った空気が、心地よい温度で私たちを包む。
ずっと、この時間が。
永遠に、続けばいいのに。

＊＊＊

いろいろありすぎて、忘れてた。
朝起きて、寝ぼけて何も考えてなかった。
お母さんが帰ってくるから、浮かれていたのもある。

――学校、行きたくない。
昨日も一日、真奈にはなにも聞けていないし。
「はぁ」
一難去って、また一難。

いや、一難は去ったわけではないけれど。
けど、ため息ついてたってどうにもならない。
私は玄関を出て、
「……はぁ」
また、ため息をついた。
「ぶはっ」
背後から、笑い声。
驚いて振りかえったら、純弥君の姿。
「じゅっ……！」
「はよ」
ぽん。と
純弥君は私の頭の上に手のひらを置くと、そう笑った。
「お、おはよう」
「いくぞ、バス乗り遅れる」
手を離した純弥君は、長い脚で歩幅を大きくひらいて、あっという間に先に進んでいった。
「あっ、ちょ、ちょっと待って！」

二人で待つ、バス停。
ふ、不思議な感覚。
「あー、ねみー」
隣で平然とした態度であくびしてる、余裕の純弥君。
私はと言えば、明るい太陽の下。
突然緊張して、言葉もろくに出てこない。

「あー、きた」
純弥君のその言葉に、ぱっ、と顔を上げる。
「なんなの？　さっきから」
ふは、って笑った。
その君の笑顔が、まぶしっ！
「へ、へへ」
そんな風には言えないから、笑ってごまかす。

乗り込んだバス。
ここから駅までは、約８分。
「すわんねーの？」
車内はまだ、この先お客さんがたくさん乗り込んでくる次のバス停まではポツポツと座席が空《あ》いている。
「うん」
「そ、あのさ」
突然、真面目な顔をした純弥君は、
「気分悪くなったら、言えよ」
そう、言った。
「……え？」
そう私が返事した瞬間。
バスは停車して、たくさんの人が乗り込んできた。

どうして？
はて、と。

私は首をかしげた。

「それより、純弥君と同じ時間って、あの時ぶりだ」
「へ？」
「ほら、お金。借りたでしょ」
「あー、な」
「いつもこの時間？」
「あー、マチマチ」
「そうなんだ」
「凛はいつもこれ？」
「うん、そだよ」
他愛ない会話。
やっと太陽の下でも純弥君と話すことに慣れてきた。
バスはターミナルに停車。
ぞろぞろとバスから降りて、ナチュラルに駅に向かう。
純弥君といつも話すベランダでの時間と、また違う、現実のこの感じが…
「あ」
しまった。
改札をくぐりぬけて、私はやっと気がついた。
「ね、じゅ、純弥君っていつもどのあたりに乗るの？」
「へ？」
「ほ、ほらっ」
「一番前だけど？」

うそー!!
「あ、そ、そうなんだ」
「なんか、あんの？」
……なんか。というよりも。

いつもの電車、いつもの先頭車両の二番目のドアに乗り込むと、そこには真奈の姿。
「おはよう、真奈」
「おはよー、凛」
電車が到着して開いた扉。
いつも通りに、私は乗り込む。
ツンツン、って。背中に感じる、純弥君の肘《ひじ》の感触。
真奈はまだ、気がついていない。
「あ、そうだ。凛、お金ちゃんと返せたの？」
あっ、真奈。すごくタイムリー、その話題。
そう思った瞬間だった。
「返してもらったよ」
背後から純弥君が私の頭の上でそう声を出した。
真奈は目線を上にして固まっている。
満員電車の中で、私達三人の時間が止まる。
「あれ？」
時を動かしたのは、純弥君。
止めた張本人。
「なっ、なっ…！」

言いたいことは、わかる。
驚いた真奈は、口をパクパクさせて、私と純弥君を交互に見た。

「はじめまして」
純弥君は至って冷静。
私はどうしていいのかわからずにフリーズ。
けど、さすが真奈。
順応性が高いというか、モテるだけあってすぐに自分のペースを取り戻した。
「あーもう、なんだ。付き合ってるの？」
「なっ！　そっ、そんな」
付き合ってなんかいるわけないじゃん！
どうやったらそんな展開になるの！
そう思っても、上手《うま》く言葉は出てこない。
純弥君は、否定することなく真奈に笑顔を向ける。
「えー、違うの？」
「も、もう！　真奈恥ずかしいからやめてえ」
私は本当にテンパってしまって、情けない声を出した。
「違うの、私達」
私がそう言おうとした瞬間、純弥君は私の制服の後ろをピン、と引っ張った。
「凛。紹介してよ？」
「えっ」

「真奈です、光澤《みつざわ》、真奈。凛のこと、助けてくれてありがとう」
「春山《はるやま》純弥。こちらこそ、凛がいつも世話になって」
くっ、ぷはっ！
と、純弥君は自己紹介のあと、噴き出した。
「どうしてそこで笑うの」
真奈まで笑い出して、私は二人を交互に見る。
もう！
確かに二人にはお世話になってるけど。

でも、なんかいいね、こういうの。
昨日まであった真奈に対する不安も、
純弥君と共有してる秘密のせいか
なんだかわかるような気がした。
誰だって、なんでもかんでも人には話せないよね。
けど、自分だけが知らないなんて
ちょっとショックだったんだ。
「あ、そうだ」
突然、真奈が何かを思い出したみたいに呟《つぶや》いた。
「どうしたの？」
「一昨日《おととい》、つぐたん達になんか余計なこと、吹き込まれたでしょ」
「え……」
「あれ、違うから」

「それ、って……、真木君のこと？」
「あー、それそれ。カッコいい、って言ってたのあれ、違うから」
カッコいい？
「好きだったんじゃないの？」
「違うから」
そうなんだ……
ホッとした私は、一気に身体から力が抜けていく。
「何それ？」
話が見えない純弥君が、高いところから声を落としてきた。
「あ、やっ。真奈が」
どう言っていいのかわからなくて、私はどもってしまった。
「うちの学校、サッカー部けっこう強いじゃない？　そこのエースのこと、私が好きだ、って誤解の話」
「へえ、そなんだ」
「純弥君は？　何か部活とかしてないの？」
真奈が気軽にそう言った言葉。
けど、純弥君は少し黙ると
「ねーな、帰宅部」
そう、言った。

＊＊＊

「ね、さっき絶対、嘘《うそ》ついたよね？　春山君」

電車を降りて、学校までの道のり。
真奈は興奮したようにそう私に話しかけてくる。
「うーん」
違和感を感じたといえば感じたけど、
出来たらもう誰かを疑うようなことはしたくない。
真奈のことだって結局、誤解だったわけだし。
モヤモヤして落ち込むの、もう嫌だもん。
「で、どうなのよ」
煮え切らない私に、真奈が話題を変えて切り込んできた。
「えっ？」
「春山純弥」
「あっ、」
「すんごいカッコいいじゃん、大人っぽいし、ね？　好きなの？」
「す、すすす、好き？」
「一緒に登校までしちゃってー」
それはお隣さんで、玄関でばったり逢《あ》ったからだよ。
そう、言ってしまえばいいだけのこと。
なのに、はっきりと口から言葉になって出てこない。
背中にかかった、小さな重力。
純弥君は、内緒にしろ、って。
そう言いたかったのかな？

「純弥君は、ヒーローなんだ」

「は？」
「好きとか、そういうの……」
意識したことはない。
意識しちゃったら、話せなくなりそうで。
あの、ベランダの関係が。
崩れてしまうんじゃないのか、って不安になってしまう。
「ヒーローって、たかだか千円で？」
うっ、
真奈には話してないことがありすぎて、上手く説明が出来ない。
「そ、そう」
「千円ヒーローか」
「ちょ、やだその呼び方」
「どーしてよー、あんな完璧な男、そんなあだ名でもつけなきゃ負けた気するじゃん！」
「な、何に勝ちたいのよ、真奈」
いつも通りの私たち。
元通りの関係。
そうだ、嘆《なげ》いてばかりじゃ駄目だ。
純弥君が言ったみたいに、一歩前に出なきゃ。
私の世界、って意味はよくわからなかったけれど、私の世界は確かに私だけのものだ。
そっと手を差し伸べてくれる純弥君の手を掴《つか》んでも、その先は自分で切り開いていかなきゃならない。

「ちょっとー、聞いてよー！」
学校について教室に入るなり、真奈が大声で叫んだ。
すぐにつぐみちゃんと美保ちゃんがこっちを見て駆け寄ってきた。
「なになになにー」
私も何事かと思って真奈を見る。
「凛、また聖鈴高校のイケメンと一緒に来たんだよ」
ふふっ、って笑う真奈に
「ちょ、真奈!!」
「えー!!　どういうこと？」
二人は興味しんしんで私に迫《せま》ってくる。
「ちっ、ちがうのっ」
「なんでー、ヒーローなんでしょー」
真奈が茶化して、さらに私をあおってきた。
あっ、もう！
意識したら恥ずかしくなってきて、顔がほてって熱い。
「顔、真っ赤じゃん！　図星！」
美保ちゃんのその声に、私はさらに火を吹いたように顔を赤くした。

その瞬間。
チャイムの音がして、私は今日もそれに助けられた。
あー、もう。
つぐみちゃんも、美保ちゃんもノリがよすぎるよ。

けど、そんなに嫌な気分にはならなかった。
それに私が二人を苦手としているだけで、二人はそんな私にたくさん話しかけてくれてるわけだし。
そうだ。
殻《から》にこもってばかりじゃいけない。
閉じていた世界を、もっと広げなくては。

「はい」
ＨＲ《ホームルーム》。先生が配ったプリントを、目の前の席の中畑君がぴらぴらとさせている。
「ありがと」
「なあ」
「……え？」
急に声をかけられて、きょとんとする。
席は前だけど、あんまり中畑君とは話したことがない。
中畑君はサッカー部で、真木君と同じくらいサッカーが上手《うま》いらしい（と、美保ちゃんが言ってた）。
私にはあんまりよくわからない話なんだけど。
「どうか、した？」
「今日、日直。俺達だろ」
「う、うん」
そう、私たちは実は日直が同じだったのだけれど、前回は中畑君が部活でどうしても出来ないから、と言って。
私が一人でやったんだ。

とはいえ、そんなやることもさほどないんだけど。
「今日は、ちゃんとやるから待ってて」
「う、うん。けど、忙しいなら、大丈夫だよ？」
「いい」
「そ、そっか」
なんだ、変なの。
中畑君は、あんまり言葉数も多くないし、私のことも見て話さないから、嫌われてるのかと。
勝手に思ってた。

＊＊＊

放課後。
真奈が一緒に残ってくれる、っていうから。
黒板の前の席の私と中畑君の机をくっつけて三人で話す。
「あー、ナカっち字ゆがんでんじゃんー」
「うっせ」
「あ、それチョーてきとー！」
「あーほんと光澤うっせーなー」
二人のやりとりを見てたらおかしくて笑ってしまう。
あ、こういうのいいなー。
って、私は何もしゃべってなくて、聞いてるだけなんだけど。
「夫婦漫才《めおとまんざい》みたいだね」

何気なく。そう、言っただけだった。
だって、二人の掛け合いは、本当に息がぴったりだったから。
「そういうの、よせよ」
中畑君の真剣な顔。
って、声は怒っている。
「ごっ、ごめん」
私はハッ、として。調子に乗りすぎたことに気がついた。
二人の楽しい雰囲気に、飲み込まれてたんだ。
そうだよね、私はそんなに中畑君と仲がいいわけじゃないし、
「ちょっと、その言い方はないんじゃない」
真奈まで怒ってしまって、場の空気が一気に悪くなった。
わ、私のせいだ。
「ごめんなさい、わたし」
「違う」
中畑君は唇をきゅっとかみしめて、眉間にしわを寄せた。
「ナカっち……」
「違う、だろ。そうじゃない」
「え……」
「そんな二、三日でさ、すぐに」
なに、言ってる、……の？
「ナカっち、やっぱり凛のこと、好きなんだ」
ポツリ、と。

沈むような声で。
真奈が言った。
……え？　どういう……

ガタン！
っと、椅子がひっくり返った大きな音がして、びっくりして真奈を見ると、真っ赤な顔をした真奈が立ちあがっていた。
「ま……な……？」
私の声を聞いた瞬間、真奈は鞄《かばん》をつかんでそのまま教室から走り出て行ってしまった。
「真奈っ!!」
な、何が起こったの？
どうして急にこんなことになったの？
「なっ、中畑く……」
「好きなんだ、門倉のこと」

盛夏前の教室はまだ明るくて。
教室のなかは、むっとした湿度のある熱をもっていて。
私は、中畑君の視線に縛《しば》られたまま、身動きが出来なくて固まった。
「付き合ってんの？」
「……え」
「聖鈴のやつ」

「そんなん……じゃな……」
「よ……かっ！」
ガバッ！っと勢いよく机にうつぶせた中畑くんが、そう声を張り上げた。
私はその動きに驚いて、身体がビクン、と飛び上がった。
机にうつぶせた状態から顔を少し上げると私を見上げるようにして、
「ね、俺と付き合ってよ」
突然。
中畑君はそう言った。
そんなことよりも飛び出していった真奈のことが気になる。
「あ、と、突然すぎて……」
「じゃあ、考えて」
そんなの急に言われたって、頭がこんがらがって。
しかも、今なの？
「わから、ない」
「じゃあ、聖鈴のやつは？」
「それは、違う」
違う？
何が？
自分で口にしておきながら、何を言ったかわからない。
「待ってるから、ちゃんと考えて」
何もかもが、一気に押し寄せてきて、思考が追いつかない。

中畑君は、困った顔をして動かない私に、
「ごめん、でも可能性が少しでもあるなら譲《ゆず》る気、ないから」
と言うと、時計に目をやった。
「やべっ」
そう言って立ちあがると、
「部活、いかねーと」
と、申し訳なさそうにそう呟《つぶや》いた。
微妙に気まずい空気の中、
「ゆっくり考えて」
と言葉を残し中畑君は慌《あわ》てて教室を出ていった。

私は中畑君よりも真奈が心配で
携帯に電話しても圏外だし。
急に「付き合おう」なんて言われても、
そんなこと考えたこともなくって。
私はただどうしていいのか分からなかった。

＊＊＊

コールしては、圏外。
コールしては、圏外。
コールしては、…
何回しても、真奈にかけた電話は不通で。

正直、中畑くんのことを考える余裕なんてなかった。
嬉《うれ》しいとか、ドキドキするとか。
そういうの、全くない。
そっか。
いつも羨ましい、って
ずっとそう思ってた真奈は、いつもこういう気持ちだったのかな。

泣きそうな顔をして飛び出していった真奈。
あんな真奈の顔、見たこともない。
ぼんやりと思いながら、
真奈と話がしたくて仕方ない私は
もしかしたら、真奈が好きだったのは、中畑君だったんじゃないか、と。
今頃そう思った。
きちんと、確かめたい。

家について、すぐに部屋に走る。
熱気のこもった部屋で、換気もせずに、私は汗ばむ身体に張り付いた制服を脱ぎ捨てた。
急いで着替えて、すぐにまた家を出る。
お母さんに逢《あ》うために。

今週末に、お母さんは帰ってくる。

それでも私は、一分一秒でもお母さんと一緒にいたいと思った。

でも、今は
頭の中が、それだけじゃない。
真奈のこと
中畑君の、こと
純弥君の……こと。
あれ、どうして純弥君のこと、考えちゃったんだろう。

今日は、風が全くない。
着替えたばかりのワンピースの中に、じりじりと汗が滲《にじ》んでくるのがわかる。
バス停でバスを待って、来たバスに乗り込んだら、エアコンがききすぎていて、滲んだ汗を一気に冷やした。
「……はぁ」
今にもまた、泣きたくなって
私は唇を噛《か》み締めて、それを我慢した。

泣いてばっかりじゃ、ダメだ。
今日が無理でも、明日がある。
明日、真奈に逢って。
ちゃんと、話をしなきゃいけない。
膝《ひざ》の上においていた手をギュッと握りしめて。

私は前を見た。

大丈夫。
大丈夫。
明日が来たら、大丈夫。

KIMIIRO.

明日はあるとは限らない

誰にでも平等に明日が来るなんて、この状況でそんなことをどうして私は思ってしまったんだろう。

昨夜は、ベランダで純弥君に出逢《であ》わなかった。
正確にいうと、私は怖くてベランダに出れなかった。
顔を合わせたらまた泣き言を言ってしまいそうだったからだ。
いつも、純弥君に頼ってばかりじゃいけない。
もっと、私は。
強くならなきゃ、いけない。

真奈とは結局連絡がつかなかった。
不安はあったけど、私はそのことは考えないようにした。
玄関を出たけど、今日は純弥君の姿はなく、一人でバス停に向かう。
どうしてだろう。
たった昨日一日、通学途中に純弥君が隣にいただけなのに。
いない今日は心細くて仕方ない。
バスターミナルに着いて、駅の改札をくぐり抜ける。
朝の気温は、冷たくて。
バスの中のエアコンが効いてたからか、肌寒く感じる。

いつものように、一番前の車両の場所で、ホームに立つ。
電車が来て、ドアが開いた。

そこには、真奈の姿がなかった。
学校に着くまで、ずっと携帯をコールする。
携帯は相変わらず圏外で、私は油断したら緩《ゆる》んでしまいそうになる涙腺《るいせん》を、ぐっと堪《こら》える。
一人で歩く学校までの道のりが、遠い。
こんな距離があったっけ？って。
私は、その長く感じる、たった五分の距離を
一歩、一歩。
縮めていった。
教室に真奈が、いないことを願って。

同じように登校する学生の間を、身体を小さくしてすり抜けて、私は教室にたどり着いた。
不思議と雑音が何も聞こえない。
世界が止まったみたいに、静まり返っている気さえ、した。
教室のドアは開いていて
私はその入口で、足を踏み入れることを躊躇《ちゅうちょ》した。
怖い。
怖くて、
「あれ？　入らねーの？」
いつの間にか、うつむいて自分の足しか見えてなかった。
後ろから、中畑君の声がして、
突然。
私の耳に、音が入り込んできた錯覚に陥った。

「はいる……」
ふと、顔を上げたその瞬間。
教室の中。
目に飛びこんできたのは、……真奈の、後ろ姿。
「……やっぱり」

どこかで、期待してた。
どこかで、そうじゃないと願っていた。
どこかで、わかってた。

諦《あきら》めみたいな声を出して。
不思議そうにしている中畑君と共に、教室に入る。
本当は、逃げ出したかった。
教室に入りたくなくて、帰りたくて。
もう、こんななら、お母さんのいる病室にずっといたい。
そう、私は逃げることしか考えてなかった。
真奈が私を見ることはなく
その背中が、全身で私を拒否しているのがわかった。
つぐみちゃんと美保ちゃんが、キツイ目をして私を睨《にら》んでいるのがわかった。
きっと。
全部、知ってるんだ。

もうどうしたらいいのかわからない感情に振り回されて、

足がガクガクと震え始めた。
「無神経だよね！」
背中からつぐみちゃんの声がして、私は振り返った。
「最低」
続けて美保ちゃんがそう叫んだ。
途端、教室の中が一気にざわめき立った。
「……ちが」
真奈は相変わらず私に背を向けて
私は言い訳しようと、口をパクパクさせたけど
上手《うま》く声が出てこない。

「なに？」
中畑君が私の代わりにそう声を出して、私は驚いて中畑君を見た。
うまく声が出ないから顔を左右に振る。
「なん……」
やめて、もう。
いいから、やめて。
心の叫びだけで、私は顔を一生懸命横に振る。

もう、いいから。
真奈が、私を許さないと。
あの背中を見てしまったら。
もう、私にはどうすることも出来ない。

その術も、わからない。

チャイムの音がして、私はそのまま力なく椅子に座った。
目の前が涙で揺らいで、見えない。
中畑君の背中を見つめながら、
なんてことをしてくれたんだ、と恨《うら》んだ。
中畑君の私への好意は、全部仇《あだ》となって私に跳《は》ね返ってくる。

真奈が好きだったのは、中畑君だったんだ。
だったらどうして
もっと、早くに。
教えてくれなかったの？

凛、凛、って。
いつも私に微笑《ほほえ》みかけてくれていたあの真奈の笑顔は
もう、見れないのかな。

ＨＲ《ホームルーム》が終わった後に
中畑君が申し訳なさそうに私に「ごめん」と謝《あやま》った。
私は「大丈夫だよ」とは言えなかった。

その日、一日。
真奈が私を見てくれることはなかった。

「凛、帰ろ」
そう、真奈が言ってくれるかもしれない。
そんなありもしない願望を胸に一日を終えたけど
黙って一人、教室を出て行ってしまった真奈の背中が
もう修復不可能だと、私に言っているようだった。

つぐみちゃんと美保ちゃんも、私を無視して部活に行ってしまった。
鉛のように動かない足。
私は机に座ったまんま、うつむいていた。
「門倉」
私の前の席にいる中畑君は、また申し訳なさそうに私の名前を呼ぶ。
私はそれに答えることが出来なくて、ずっと静かに机の木目を見ていた。
真奈以外に友達なんかいない。
これから私はどうなるんだろう。

普段からクラスメイトとはそれほど会話なんてないし、
いつも真奈といたから。
でも、その真奈はもういない。
朝につぐみちゃんと美保ちゃんが叫んだことと、真奈が私を無視していることで私達が仲違《なかたが》いしたことはすぐに皆気がついたみたいで、教室の中は、異様な好奇心に満ちてい

た。
「帰ろう。俺、今日部活休むからさ」
この事態の元凶は中畑君だけど、よくよく考えたら、
彼は私に好意を持ってくれているわけだ。
心細くて、教室に一人じゃいられない。
そんな不安な状態で、
たった一人の味方を失うことすら、私は怖かった。
それでも
真奈が、
真奈を思うとそんなこと出来ない。

「部活に、出て？」
中畑君が部活に出なくなったら、わたしはその責任なんか
取れそうにない。
「でも」
「帰るだけだもん平気」
そしてもっと、
私は責められてしまうかもしれない。

中畑君が私を気にかけてくれればくれるほど。
きっと事態は悪化する。
そんな気がした。
この期に及んで、自分のことばかり。
弱いよ、私は。

ずるいね、私は。

今日は、幸か不幸か、金曜日だ。
明後日《あさって》の日曜日には、お母さんが帰ってくる。
笑顔でいなきゃ。
お母さんと一緒にいられる時間が、あとどのくらいあるのかわからない。
お母さんに、心配かけたくない。
「中畑君、私ね」
言わなきゃ、はっきり。
一人になるのは、怖いけど。
きっと。
はっきりさせなきゃ、いけない。

「たんま！」
私が意を決して話そうとした言葉を、中畑君は遮《さえぎ》った。
「中畑君……」
「この流れは、なんか違う」
何を言っているんだろう。
私はそう思って中畑君に不審な目を向けた。
「違う、って」
「門倉、本当にごめん。でも、友達が優先、なんてことで振らないで」
「そんな……」

「俺のせいだよな、光澤達が門倉のこと避けてるの」
グサッ、と酷《ひど》いこと。
さらっと言う。
「かっ、かわりになるから」
「……」
「俺がかわりに、なるからさ」
「……代わりって」
「だから、まだすぐに答え出さないで」
そんな。
ずっと、ずっと一緒にいても
「私、きっと中畑君のこと……」
「あー、ちょ！　そんなすぐに答え出さなくていいからさ。時間ちょうだい。俺に」

……時間。
誰にでも同じように、時間は配分されてる。
……そんなのは、嘘《うそ》だ。
だから、今。
私に出来ることをしていかなきゃならない。
でも今のこの教室から、私は真奈を失った。
「代わりにはなれないでしょ」
女の子にでもなるつもり？
「俺が門倉を守る」
守る？

「中畑君がこんな風にしたんだよ」
私がそう言うと、中畑君は苦しそうな顔で私を見た。
酷いことを言ってるのは、わかってる。
今までの私なら、こんなこと言わなかったかもしれない。
「ごめん」
「謝って欲しいわけじゃ、ない」
真奈の笑顔を
「凛」って、私を呼ぶあの声を
「……返して」
返して、昨日までの、真奈を。

泣かないってどんなに我慢しても
どうしたってすぐに泣いてしまう。
ずっと二人で教室で立ち尽くしてたら、
いつの間にか空がオレンジがかった光になっていた。
梅雨《つゆ》が開けてから日増しに暑くなる気温。
むせかえすような熱気。
身体がだるくなって、ふらふら揺れている気がしてきた。

チャイムの音がして、ハッと時計に目をむける。
涙で霞《かす》んだその時計を見て、私は鞄《かばん》を手にした。
「……急がなきゃ」
「……え？」
「お母さんが入院してて、お見舞いに行かなきゃいけないの」
「だ、大丈夫なのか？」
「……」
大丈夫なのか？なんて聞かないで。
そんなの大丈夫だ、って
私だって言いたい。
「帰る」
「俺も一緒に……」
「中畑君は、部活に出て」
私がかたくなにそう言うと、中畑君は肩を落として小さく「うん」と言った。
「……俺、こんなつもりで。
門倉を苦しめるつもりじゃなかったんだ」
わかってる。
そんなのはちゃんとわかってる。
誰もがそんなことを想定して生きてる訳じゃないだろうし。
けど、返事は出来なかった。
まだ心の奥が押し潰《つぶ》されたみたいに苦しくて
この苦しみから抜け出すことが出来なかったから。

二人で廊下を歩く。
まだパラパラと廊下にいた子達が、驚いた顔をして私達を見た。
グラウンドに出ると、中畑君は私を校門まで見送ってくれた。
「お母さん、お大事にな」
「……うん」
駅までの道のり。
朝に長く感じたこの距離は
帰りもやっぱり長かった。
やっとたどり着いたホーム。
どうしたらいいのかわからない毎日。
次から、次へ。
どうしてこんなに……。

「凛？」
適当に乗り込んだ車両。
自分を呼ぶ声に振り返ったら、そこには純弥くんの姿。
「……え」
そこに立ってたのは、デニムにパーカーの
制服を着ていない、純弥くんの姿。
「なんだまた泣いてたの？」
くは、っと笑った純弥くんの顔。
その顔を見たら、安心してまた涙腺《るいせん》崩壊。
「ちょっ、凛！」
カクン、と膝《ひざ》が抜けて
私はそのまま床に崩れ落ちた。
けど、私の身体は純弥君に支えられて、床に落っこちることはなかった。

「はー、はー」
息が苦しい。
まるで溺《おぼ》れているように苦しい。
息を一気に吸い込んでみる。
けど、うまく息が出来ない。
「……凛！」
私を抱きかかえる純弥君の体温。
温かくて、安心する。
安心するんだ。
純弥君がそばにいると。

＊＊＊

微《かす》かに遠くに聞こえる声。
かろうじて意識はある。
でも、身体はふわふわとしてる。
そう思ってたら、口元にミネラルウォーターの口が現れた。
「飲める？」
「……」
「大丈夫か？」
純弥く……ん。
「大丈夫じゃ、ない」

ぼそりと呟《つぶや》いてから、私はまた泣きじゃくった。
そんな私を、純弥君は優しく抱き締めて背中をさすってくれた。

痛いよ、痛い。
胸がいたくて、苦しくて。
この苦しみの淵《ふち》から逃れられるのなら。
この世界からお母さんと一緒に、消えてしまいたい。
「バカなこと言うな!!」
とっさに聞こえてきた怒号。
私はどうやら心の声をいつの間にか吐き出していたようだった。
「逃げたって後悔しか残んねーんだよ」

降りたこともない駅のホーム。
急行電車が勢いよく通り抜けて風が突き抜けていく。
純弥君の髪をサラサラとなびかせて、その隙間から強い意志の視線が私を射抜いた。
「じゅ……」
「無理しなくていい、って言っただろ。お前まで倒れてどうするんだよ」
だってね、だってね純弥君。
お母さんだけじゃなくて、真奈まで。
昨日、三人で笑って通学したばかりなのにね。

言葉が出てこない。
どうしてこうなったか、っていきさつを話してしまったら
純弥君だって他人事《ひとごと》じゃすまない話だ。
上手《うま》く説明出来そうもないし、他になにも浮かばない。
「ごめんなさい」
しばらくの間、そこでそうしていたけど、
帰宅ラッシュで人が増えはじめ
落ち着いた頃に、二人でまた電車に乗り込んだ。

続く二人の無言の静寂《せいじゃく》。
車内は混みあっていて、私は純弥君に隅に追いやられて一人多めに空間利用。
見上げたら、純弥君の顎《あご》。
……あんなに不安でいっぱいだったのに、スゴく気持ちが穏《おだ》やかになっていた。
これは、純弥君の…魔法だろうか？　って、夢見すぎ。

「凛、病院行くの？　今日」
降りたホーム。
二人でバスターミナルに向かう途中。
「……うん」
「そっか。ついてこーか？」
「……いいの？」

もう、一人は嫌だ。
今日一日いっぱい、孤独を怖れた。
このまんまお母さんに逢《あ》って私。
笑える、自信。ないかも。

「凛てさー」
バス停。
二人で並んでバスを待つ。
数日前にも、二人でこうしてベンチに腰かけて
あの時はまだ、名前も知らなくて。
「いっつも、困ってるよな」

……確かに。
私はその純弥君の言葉に、改めてこの数日間の自分を振り返る。
「だね」
「うん、よく泣くし」
「あ……うん」
「我慢ばっかして」
「あー……」
「いつも、一生懸命に悩んでて」
「……」
恥ずかしい。
情けない。

なんか、いいとこなんにもない。
「すげー、って。思うよ、俺は」
「……へ？」
「凜はさ、すげーんだよ」
純弥君が興奮しているのがわかる。
嘘をついてる顔じゃない。
「……どこ、が」
「その、平凡なところが」
「そ、それって褒《ほ》めてるの？」
「そ、すんげー褒めてる」
ぶっ。
「ははっ」
私は、笑った。
平凡スゲー、で。噴き出してしまった。
あんまりにも純弥君が本気の目で言ったから。

「凜、笑ってるけどさ。
お前は、世界を変える力を、持ってるよ。
まっすぐで
汚れてなくて
自分に正直で
だから、いいんだ。
そのままで。
そのままでいてよ。

ずっと」

そう言い終わった瞬間、ちょうどバスがやってきて
純弥君は立ち上がった。
「それって」
「今日みたいに、甘えていーよ」
「やっぱり、ヒーローだ」
「どーぞ、お嬢様」
先に乗り込んだ純弥君が空《あ》いた座席に手をのばした。
「……ふ」
お嬢様、って。
「今は空《す》いてるし、座れよ。ちゃんと」
「……ありがと」

そのまま病院に二人で向かった。
病室にいたお母さんは喜んで、
お父さんは渋い顔をして苦笑いしてた。
「おとなりさんなんだよ」
って純弥君を紹介したら、お母さんは不思議そうな顔をした。
お父さんは「清い交際を!!」なんて焦って言うし、
純弥君が「はい」なんて返事するから、
変な空気になってドキドキした。
そこには笑いがあって、私は自然と笑うことが出来た。

お父さんが私のことも
ちゃんと心配してくれてることもわかって
私の心は、この瞬間。
本当に満たされていた。

＊＊＊

「ごめんね、無理に合わせてもらって」
「無理してねーから」
帰宅後。
私達は二人、ベランダで肩を並べて森林公園を眺《なが》めた。
「セミの声、暑苦しいな」
「ふふ、そだね」
すごくいろいろあった一日なのに、
こんなにも落ち着いた夜を過ごせるなんて
昼間のあの教室の中では、想像もしてなかった。

高校生になってまだ三か月しかたってないのに、
来週からずっと一人か、と思ったら
この安心出来る時間がずっと続いたらいいのに、って思った。
空は深い群青色《ぐんじょういろ》で、微かに光る星が散らばっていてチカチカしている。

その空の下に広がる森林の中に、それよりも大きなオレンジ色の街灯が光って広がっている。
夜風に夏の香りが混ざって鼻先をくすぐる。
「ここ、いい眺めだよな」
ぽつりと、純弥君が呟く。
「そうだね」

お父さんはベランダには出たりしないから、まだこのベランダの秘密は知られていない。
明後日《あさって》にはお母さんが帰ってくる。
お母さんはベランダにいるのが好きだった。
いつか、ガーデニングをしたいと言っていたお母さん。
「……あ」
「どした？」
そうだ。
お母さんのために、リビング側のベランダにガーデニングをつくってあげたい。
リビング側の広いスペースのベランダ。
あそこに。
「純弥君、明日忙しい？」
「明日？　別に」
「お願いがあるんだ」
辞書の間に挟《はさ》まった私のなけなしの貯金。
そんなにお金がないから本格的なものは出来ないかもしれ

ないけど。
「あっち側のベランダにね、ガーデニングコーナー、作りたいんだ」
「お母さんのため？」
「そう」
「いーね、いーよ」
そういうと純弥君はスマホを取り出して、いろいろと調べはじめた。
「何してるの？」
「ガーデニング、調べてる」
「あったまいー！」
「普通だろ、まさか思いつきだけでやろうとしてたわけ」
「……」
うん、だって今思いついたんだもん。
「凛らしい」
くはっ、と笑って
純弥君はいろいろと提案をくれた。
近くにあるホームセンターに、その道具を調達に行くことになった。
夕方にはお見舞いに行くから
「朝、一番に行こう」
「うん」
私のハーブちゃんたちは、小さな鉢にポツンポツンと数個ならんでるだけだけど。

「こいつらにも、台つくってやろう」
そうはにかんだ純弥君の笑顔は
深夜なのに、まるで満月みたいにキラキラ輝いて見えた。

純弥君といた時間は、私の中ではもう言葉に言い表せない
くらい大きなものになっていた。

好きだとか、そうじゃないとか
そんなんじゃない。
もっと大きくて
もっと大切なもので
もっとかけがえのない存在で。

辛《つら》いことがあっても、
そんなものは全部胸の奥にしまいこんじゃえて
簡単に鍵をかけれちゃうような、
そんな力を、純弥君は持ってる。

知り合ったばかりなのに、
純弥君は私のことはなんでもお見通しで。
ずっと
ずっと。
お隣さんで
ずっとこのベランダで

ずっと、いてくれるんだと
勝手にそう、思ってた。

純弥君は私をよく知ってる。
でも、私は純弥君を知らなすぎる。
……でも私はまだそのことに、自分で気がついてなかったんだ。
お互いの部屋のどちらかに入るのは気が引けたから、
純弥君が部屋から電気スタンドを引っ張り出してきて
二人で携帯を見ながらあーだこーだ、ヒソヒソと盛り上がる。

「あっ、これこれ！　この壁みたいなやついいね！」
「そんな金あんのかよ」
「……」
「ってか、凛。予算いくらあんの？」
「え、に、二万はっせんえん……」
「……」
「……足りる？」
「よくそんだけしかないのにコレ欲しいとか言ったよな」
純弥君は、口を押さえて肩だけひくつかせて思いっきり笑ってる。
「……」
そんな笑わなくってもー。ってほっぺを膨《ふく》らませたら、指先でつっつかれてぶはっと空気が飛び出した。
「ブッ‼　超マヌケ‼」
「も、もっ‼」

私達は、時間を忘れて朝方まで「ガーデニング作戦」を練《ね》った。
いや、正確には純弥君がほとんど練った。
気がついたら空が淡いブルーのグラデーションを作り上げていた。
「わ、明るくなってんじゃん‼」
「キレー」
太陽の昇る部分が濃い藍色《あいいろ》をじわじわと侵食していく。
ふと鼻をかすめる朝露みたいな香り。
「あー、こっからの朝焼けは格別だなー」
二人が空に気をとられたその瞬間にも
空の色は少しずつ鮮やかな透明な空色に変わっていく。
まるで、どんよりしていた夜の私が
純弥君に、そう染められていってるみたいで。
「よし、ダッシュで制作！」
「頼もしいヒーロー‼」
「都合のいいヒーローだな」
ほとんど丸投げ。
私が思いついた案を、純弥君が全部プランニングしてくれた。

「よし、仮眠とって、すぐ起きてホームセンター行くぞ‼」
「おー、ってもう五時まわってる！」
すでに空は明るくなっていて、森林公園の水平線には太陽が半分顔を見せていた。
「あとでな！」
「うん、あとでね！」
私達はそれぞれの部屋に戻った。
「あっ‼」
何かを思い出したように純弥君は部屋から出てきて私の部屋を覗《のぞ》き込んだ。
「起きなかったら、たたき起こして」
そう言うと、また戻っていった。

ドキドキする。
や、っばい。
タオルケットをかぶって寝ようとしても、
目は冴《さ》えちゃってるし
高鳴る鼓動がうるさくて
……眠れない。
おまけに、明るすぎ。

結局眠れないまま、時間が来た。
夜通し外にいたから、軽くシャワーを浴びて汗を流した。
洋服を着替えてそわそわする。

約束の時間まであと30分。

私は痺《しび》れを切らして、ドアを明けた。
眩《まぶ》しい光。
まだ、九時だっていうのに、暑苦しい太陽がさんさんと降り注いでいる。
「お、凛起きれた？」
逆光の中、純弥君が伸びをした体勢で私を見て笑った。
「起きたよ、純弥君も起きれたんだ」

なんだちょっと残念。
しかも私は起きたんじゃなくて、ずっと寝られなかったし。
「うあー、太陽まぶしーなー」
そう笑った純弥君は、「準備してくる」って言うと部屋に戻っていった。
なんだか物足りない私は、しゃがみこんでハーブちゃんたちに声をかけた。
「おはよ」

＊＊＊

「すっご!!　すっご!!」
ベランダに出来た、お母さんのガーデニングコーナー。
純弥君がお父さんに頼んでくれて、軍資金が増えた上に……なんとお父さんまで制作に参戦。
ということで、お隣との仕切りが壊れていることがバレてしまった。

実は、お昼頃に帰宅したお父さんに純弥君が全てのことを説明してくれた。
しつこくお父さんは「清い交際を!!」と言っていたけど、
「違うしっ!!」
と、私が本気でわたわたしていたら、「信じてるぞ」と、純弥君に言っていた。
だから、違うってば。
お父さんはそれでも嬉《うれ》しそうに、「先に行ってるぞー」って、いろいろと退院の手続きがあるらしく病院に行ってしまった。

「あー、これはよくわかんねーけど、いーな!!」
なんだかんだでお父さんにも気に入られた純弥君は、満足そうにその光景を眺めて言った。
「ありがとう」
胸がいっぱいで。
純弥君には、お礼を言っても言い切れなくて。
本当に、
「ガーデニングヒーロー」
「なんだよそれ。なんでもヒーローつけたらいいと思ってるだろ」
「ぷっ」
照れ隠し。
だって本当に、純弥君は私のヒーローなんだもん。
「喜んでくれっかなー」
「もちろん！」
色とりどりの花が、お父さんと純弥君が作ったウッドの壁に吊《つ》って飾られて、二段に作られた台にも、プランターがたくさん並べられた。
「明日が楽しみ!!」
「いやー、しかしねみー、疲れた」
「私、元気だよ!!」
ふっ、と笑みを浮かべた純弥君は、ポン、と私の頭に手を置くと、
「いーじゃん、いーじゃん。もっと笑顔ちょーだい」
そう、笑った。
「純弥君の笑顔もいいよ！」
「お、ウレシーねー」

初夏の、まだほんのり暑い土曜の夕暮れ。
私達の笑顔は、ピークに達した。
そしてその後、寝てなかった私達はぐっすりと深い眠りについた。

＊＊＊

日曜日。
お母さんが自宅療養のため、退院した。
病状が悪化したら、すぐに再入院だけど
それだけはなるべく避けたいから、と。
無理をさせないよう私とお父さんで家事を分担する約束をした。
そして、日曜日の午後。
昼食を外で済ませて、
お母さんはやっと
やっと、
家に帰ってきた。

「ただいま」
玄関のドアを開けて開口一番、
「おかえり」
私とお父さんはお母さんの後ろにいて、玄関に入っていたお母さんは、私達を見て笑った。
「ね、ね、お母さん。私達、お母さんにプレゼントがあるんだ」
私は、ゆっくりとお母さんの手をひいて、リビングを通り抜けてベランダに向かった。

お母さんを驚かせるために、カーテンは閉め切っていた。
だから、真っ昼間だというのに、家の中は薄暗い。
蛍光灯はつけたけど、外の明るい場所から入ってきたから、
目はまだその明るさにあわせられない。
私はお母さんをカーテンの前に立たせると、お父さんに
「せーの！」
と、合図して左右にカーテンを開いた。
「……」

一気にまばゆい光が部屋に飛び込んできた。
ベランダに広がるカラフルな花が、一面をうめつくしている。
「お母さんのために、みんなで作ったの!!」
本当はお父さんがほとんどお金を出してくれて。
手作りのウッド仕様は、純弥君が。
私は、花を選んだだけなんだけど。
お母さんは、両手で口を押さえて
瞳からは、キラキラと光る滴《しずく》を落とした。

お母さんの涙を、はじめて見た。
私は泣き虫だから
数秒でもらい泣きして、窓際でわんわん泣いた。
「……嬉しい、ありがとう。あなた、凛」
私があまりにも泣くから、お母さんの涙は少し引っ込んだ

のか、そう口を動かした。
「家に帰れることだけでも楽しみにしてたのに、こんなサプライズまであったなんて」
私はお母さんに飛びつくと、その弱々しい身体を抱き締めた。

お母さん、大好き。

お母さん、
おかえりなさい。

お母さんはよほど嬉しかったのか、リビングの窓越しに、ソファからずっと外を眺《なが》めていた。
「飽《あ》きない？」
「飽きないわよ、こんなに素敵な光景。ずっと見てても飽きない自信があるわ」
私とお父さんは、目を合わせると二人得意気に口角をつりあげた。

その時、チャイムの音がした。
「あれー？」
滅多に鳴らない、というか、ほとんど来客なんてない我が家。
私は、駆け足で玄関に向かう。

「はい」
ガチャン、と開けたドアの前には
観葉植物を手にした、純弥君の姿。
「あれっ？　純弥君？」
「たまには、玄関からね」
そう笑った純弥君は、こっそり私に耳打ちした。
「凛のお父さんに、来るときは玄関から来い、って言われた」
お、お父さんたら！
「ま、当たり前だよな」

「退院おめでとうございます」
そう言って、純弥君は手にしていた観葉植物をリビングの端の空《あ》いたスペースに置いた。
「あら、純弥君、わざわざ持って来てくれたの？
ごめんなさいね、気を使わせてしまって」
「いえいえ、凛ちゃんにはいつも、お世話になってますから」
わ、なんかくすぐったい。
って、私が照れてどうする。
「凛、あなたもお礼を言うのよ」
お母さんが、家のなかにいる。
純弥君までもが、この団欒《だんらん》のなかにいて。
「純弥君も手伝ってくれたんだよ」って言ったら、お母さんはまた「ありがとう」を繰り返した。

一日、一日が、好転していっているように勘違いをしていた。
これから転がり落ちるように、
私に不幸が押し寄せるなんて。
能天気に笑ってる場合じゃなかったんだ、私は。

＊＊＊

目覚めたら、お母さんのいるおうち。
それはすごく当たり前で、普通のこと。
でも、昨日までその当たり前や普通は、私にとったらそうではなかった。

「おはよう」
リビングにいけば、お父さんがいて、お母さんがいる。
「おはよう、凛。早く準備しなさいよ」
にこっと笑う、お母さん。
けど、本当はずっとここにいたくて、
「休んじゃ、ダメ？」
「なに言ってるの」
「……ウソウソ。冗談だよー」
茶化して誤魔化《ごまか》して。

けど、本音は
お母さんといたいのが半分。
あの、教室の中にある現実から逃げたいのが、半分。

あんなに嫌いだった家が。
……今は、ずっといたい場所に変わった。
時間になって、家を出て。

純弥君は今日もいなくて、いつものようにたどり着いたホーム。
やってきた電車。
私は、それでも
希望を胸に、一番前の車両に足を運ぶ。
そして、現実に打ち砕《くだ》かれる。
今日も真奈の姿のないその車両に乗り込んで、
また駅からの長い通学路を歩く。
「……」
そして事態は、さらに悪化していたことに。
私は下駄箱を見て、気がついた。

何気なく掴《つか》んだ上履きはびしょ濡《ぬ》れで、それをつまんだ指先から腐敗臭がした。
「……っ」
目の前が、真っ暗になった。

そこにあるのは、間違いなく悪意。
しかもその相手が誰だかわからない。
真奈なんかじゃない。
真奈はこんなことしない。
私はまだ、こんな状況になっても
真奈を信じていた。

私はキョロキョロと辺りを見回すと、掃除道具入れを見つけて扉を開けた。
中にあった雑巾で上履きをつまむと、雑巾ごとそれをゴミ箱に捨てた。
靴を入れようとした手をとめて、また同じようにされたら帰れないから、と。
私はローファーを手に職員室に向かった。

遅れて入った教室は、ギリギリで。
私が教室に入った瞬間、音が消えた。
異様な雰囲気。
悪意すら感じる視線。
私は、今にも逃げ出したい足を
我慢して一歩踏み出した。
逃げたい。
逃げたら、だめ。
逃げたい。

「おはよう」
真っ暗闇を一人で歩いてる気分だった。
机に座ってた中畑くんが、笑顔で私にそう声をかけた。
途端、教室の中に、ざわめきが起きた。
「……おはよう」
そうだ。
一人じゃない。
まだ、頑張れる。
ここで中畑君を無視したら、それは今、私がされてること
と同じことを中畑くんにすることになる。
そんなのは、違う。

気持ちに答えることは、出来ないけど
「あれ？　スリッパ？」
変なところにだけ気がつく中畑くんに、「余計なコトを」
と思いつつ、へたに何も言えずに席につく。

そして、その日から完全に。
私はクラスの女子全員から、無視をされた。

不思議と、一日、一日。と
無視されていても、気にならなくなった。
そもそも人見知りであんまりだれとも話さなかったし、

真奈以外とは本当に一緒にいることもなかった。
それに、だいたい男子は別に私を無視したりしない。
ただ、時おり教科書が破かれていたり、
机の中にゴミが入ってたり、
椅子にガムがはり付けられていたりしたくらいだった。
中畑君に教科書を借りて、破れたページをコピーした。
机の中のゴミは、捨てたらいいだけだ。
椅子には、ハンカチを敷けばいい。
あまりおおっぴらにすると中畑君がすぐに叫びそうになって、制止するのに一苦労するから。

女子の敵意さえ気にしなければ、なんとか学校生活は送れる。
ただ、毎日の登校が一人で
教室の中で、男子がいない時に、罵声《ばせい》が飛んでくるくらい。

「裏切り者」
「男好き」
「自分勝手」
「ブスのクセに」
「ネクラ」
「人間のクズ」

部外者なのに、そこまで言うんだ。

言われた瞬間、心臓を串刺しされたみたいに胸に激痛が走る。
真奈は、私をそんな風に思ってるんだろうかと
私はそればかりが気になって仕方なかった。

謝《あやま》りたかった。
「知らなくてごめんね」
「傷つけてごめんね」
「友達のくせに、何も気がついてあげられなくてごめん」
私には、真奈が全てなんだよ、って。
声を大にして叫びたかった。
それくらい、私は真奈が大好きなんだ。
こんな状況になってまでも。

日々、エスカレートしていく嫌がらせも、ピークに達したのか、他にないのか。
それとも飽きたのか。
三日目には、新しい嫌がらせはなかった。
相変わらず無視は続いていたけど。

それよりも、私にはもっと重要なコトがあった。
純弥君が、今週になってから
ベランダに現れなくなったんだ。

隣にいるから、っていうのもあるし。
「お隣さん」以外の接点はない。
純弥君は「友達になってよ」なんて言ったけど、
電話番号もメールアドレスも、交換しあってない。
タイミングがなかったと言えばそれまでで、
こんな状況になってやっと気がついた。

逢《あ》いたいと思っても
壁一枚で、隣にいる人に
私は逢う方法を知らない。

玄関から訪ねたらいいけど、そこまでする理由が見つからないし。
そういえば、純弥君以外の春山家の人とは逢ったことがない。
たった三日逢わないだけで、嫌な胸騒ぎがした。

＊＊＊

お母さんが帰ってきてまだ四日目。
学校での辛《つら》い思いも、純弥君に逢えない寂《さび》しさよりも
おうちに帰ればお母さんがいる。
ただ、それだけの当たり前の幸せが
私の足を地につけていた。

帰宅した家。
むっ、と暑さが玄関の扉から出てきて
むせ返すようなその熱気の奥は、真っ暗闇で
人気《ひとけ》が、ない。
……この、風景は。
知っている。
誰も、いない、自宅。

慌《あわ》てて家中を探しても、誰も家にいない。
私は鞄《かばん》に入っていた携帯を勢いよく取り出すと、
気づかなかった着信と、メールの受信を見つけた。
「お母さんが、再入院したから、帰ったら病院に来なさい」
お父さんからの、メールだった。

何が起きたのかわからなくて、私は急に身体が震えだして
その場にうずくまった。
耳鳴りがする。
キーン、とずっと高音で頭の中がいっぱいになる。

怖い
怖い
怖い。

私は、何よりも
…お母さんがいなくなることが、怖くて仕方なくて。

「……凛！」
意識の遠くから、純弥君の声が聞こえた。
「凛っ！　大丈夫かっ⁉」
抱きかかえられた私の身体に、熱い純弥君の体温が流れ込んできた。
「……純弥……君」
「凛、しっかりしろ！」
どこに行ってたの？
お母さんが、いなくなる。
どうして純弥君が家の中にいるの？
一気にいろんなコトが頭の中でごちゃまぜになる。
「凛、病院に行くんだ‼」
私を引きずりあげた純弥君は、「しっかりしろ！」って私を奮《ふる》い立たせる。
「頼む」
身体の芯《しん》から、純弥君が絞《しぼ》り出したような声を吐き出した。
「じ……」
「凛、行こう」

私を家の中から引っ張り出して、純弥君はマンションの下に待たせていたタクシーに私を乗せ、行先を口にする。
「……なん」
「凛のお母さんがベランダで倒れてるの、俺が見つけたんだ」
……純弥君が？

ろくに言葉が出てこない。
指先がガタガタ震えてて、
そんな私の頭をぐいっと抱え込んで
純弥君の腕が、その震えを止めてくれようと力がこもる。
そこに、言葉はない。
私も、頭が真っ白で。
薄々はわかってはいたけど、
それ以上は……

タクシーが病院に着いて、純弥君が私の手を握って病室まで連れていってくれた。
今までの相部屋じゃない。
これは、きっと個室だ。
それが、不安をあおる。
怖くて扉に手をかけられない。

「凛」
純弥君の顔を見上げて、私は不安で顔をゆっくり左右にふった。
握ってくれてる私の手に、熱い純弥君の熱がぎゅっとこめられる。
「今しか、ないんだ」
ゆっくりと開いたドア。
目に飛び込んできた、お母さん。
お母さんのまわりには、
見たこともない医療器具がたくさんついてて、
ピッ、ピッ、って
嫌な音がしてる。

突然、感情が溢《あふ》れ出して
一気に目の前が見えなくなった。
息が出来ない。
身体から感情が逆流したみたいに、全部が溢れ出した。
「いやあだああ」
いや、いやだ。そう言って泣き叫ぶ私を、
純弥君はお母さんのそばまで抱きかかえていってくれたけど、もう、そんなのもよくわからなかった。
「手、握ってあげて」
純弥君が落ち着いた様子でそう私に言った。
お父さんは、私のその姿を見て目頭を押さえて肩を震わせている。
私の手を、意識のないお母さんの手にのせると純弥君もその上からぎゅっと包み込むように握りしめてくれた。

血の気のない顔をしたお母さんは、静かに眠っていた。
もう、お母さんと、……一緒に暮らせないの？

「お母……さん」

いやだよ。
いやだよ、お母さん
いなくならないで。
ずっといてよ。
お母さん、
お母さん。

「お母さん!!」

病室にずっと響く、私のぐちゃぐちゃの声。
眠ってるのか、意識がないのか
お母さんの瞳から、キラリと光る滴《しずく》が落ちた。
「お母さん!!　いかないで!!」

まだ、もっとお母さんといたいのに。
どうして

どうして!!

KIMIIRO.

お母さんのくれたもの

純弥君は私達家族の時間を大切にして、と言葉を残して帰っていった。
いくらお礼を言っても足りないくらい。
それでも、大丈夫。と、先に帰ってるよ。と、優しく言ってくれた。

その日。
私は何年かぶりに、お父さんの腕の中にくるまって、夜を過ごした。
二人ともとてもじゃないけど、何も口に出来ず
お母さんが生きていることを知らせるあの無機質な電子音を聞きながら目を閉じていた。
「……凛」
お父さんの声が、直接身体に響く。
「……」
「……寝たか」
「起きてる」
私は泣きすぎて枯れた声で、答えた。
「お母さん、家に帰らせてあげられて良かったな」

言葉が出なかった。
本当に良かったのか、私にはわからない。
一分でも、一秒でも。
お母さんに生きていて欲しい。

「純弥君には、もっとお礼を言わなきゃな」
お母さんを発見したのは、ベランダに出た純弥君だったと、お父さんが教えてくれた。
すぐにこの病院に搬送するように救急車を手配してくれて、お父さんには病院から連絡が来たらしい。
壊れた仕切り。
あの仕切りが壊れてなかったら、
お母さんはあの、ベランダで一人で……。
「……っ」
泣いても、泣いても
いつまでも溢《あふ》れ出す涙。
「お父さんだけの判断だったら、お母さんを家に連れて帰ってあげられなかったよ、凛」
「うー」
息が苦しくて、私は嗚咽《おえつ》しながら、息を吐き出す。
「ありがとうな、凛」

「……う」
その時。
目の前に横になっているお母さんが、声を出した気がした。
「幸恵《ゆきえ》!!」
それが聞こえたのはお父さんも同じだったようで、ガバッと起き上がって駆け寄る。
私も一緒に飛び起きた。

二人でベッドにかじりついて、お母さんを覗《のぞ》き込む。
「幸恵!!」
「お母さん!!」
私達の、魂の叫び。
届いて、お母さん。
お願い、
お母さん!!

微《かす》かに目を開けたお母さんは、私達を優しく見つめると
口をパクパクとさせた。

あなた
りん
ありがとう

私は、しあわせ

プツプツと鳴っていたはずの電子音は、
途切れることなく、ずっと鳴り響いていた。
お父さんが慌《あわ》てて鳴らしたナースコール。
私はそんなことには見向きもせず、
静かに眠る、そのお母さんの姿を目に焼きつけた。

本当は叫びたかった。
いかないで、って、泣きわめきたかった。
でも、喉《のど》の奥で感情がつかえて、声どころか息さえも吸い込めなかった。

お母さん。
もう、苦しい思いしなくていいんだね。
ありがとう。
ずっと苦しかったはずなのに。

頑張ってくれて、ありがとう。

そう、声にならない言葉を、胸の奥底から出した。

＊＊＊

逝《い》ってしまったお母さんの穏《おだ》やかな顔を見て、
ずっとあった恐怖は、いつの間にかなくなっていた。
たとえることの出来ない気持ち。
お母さんを失って
哀《かな》しいはずなのに。

お母さんと一緒にいた、この４日間。
久しぶりのお母さんの手料理はやっぱり美味《おい》しくて、

学校で辛《つら》い目にあっていても、台所でお母さんと食事のしたくをしてると全部吹き飛んだ。
お母さんと一緒に、ベランダで星を見て、お父さんが意外にも天体に詳しかったりだとか、
近くの森林公園に、ゆっくり三人で散歩に行ったりだとか。

本当は、無理をしてたのかな。
けど、いつもお母さんは楽しそうで。
その笑顔を見れることが、すごく私は幸せだった。
ずっと、ずっと忘れないから。
お母さんの笑顔。
私の中で、お母さんの笑顔は永遠に輝き続ける。
私、お母さんの子供で、本当に良かった。

この、4日間に一緒にいた時間は、私の思い出の中で最も輝くものになった。

＊＊＊

理屈や正論や、そういった私が知っている言葉じゃ整理しきれない心境のまま、お母さんのお通夜が行われた。
おじいちゃんやおばあちゃん、親戚《しんせき》の人たちが、控え室で泣いたり、思い出話をしていたり。
私はその話を聞きながら、

お母さんがたくさんの人に愛されて
大切にされていたことを知った。
お母さんはやっぱり偉大だ。
私のお母さんは、すごい。

お焼香が始まって、喪主のお父さんの隣で、頭を下げる。

お母さんが誇らしい。
一見単調な動きだけど、
お母さんに逢《あ》いに来てくれた人達に心からお礼を込めて
私は一生懸命、身体を動かしていた。
一人、一人の顔をきちんと見て
お母さんのかわりに、お辞儀をする。
いくらの時間がたったか、お焼香もそろそろ終わる、そんな頃。
「……!」
上げた頭。
視線の、先。
その参列者の中に、
その姿は、突然鮮明に私の目の前に現れた。
「……真……奈」
その隣には、つぐみちゃんと美保ちゃん。
その後ろからひとつ頭が飛び抜けて、中畑君。
その後ろには、純弥君。

一瞬で身体が固まって、私は中腰のまま静止した。

どうしようもないくらい、申し訳なさそうな顔。
その歪《ゆが》んだ表情の真奈は、真っ赤な目をして、私をまっすぐに見た。
私はそんな真奈に、ゆっくりと頭を下げた。
お焼香を済ませて去っていく皆の後ろ姿を
ずっと目で追いかける。
どうして？
混乱した私は、お焼香が終わったあとすぐに斎場を飛び出した。

「来て、くれたの」
私の声に、皆が振り返った
「り、ん」
ぐしゃっと顔をしわくちゃにして
真奈が地面にへばりついた。
「……ごめっ」
「真奈っ」
「ごめんね、……ごめんね、凛」
真奈のその姿に、つぐみちゃんと美保ちゃんがあたふたした。
「おっ、俺もっ!!」
申し訳なさそうに、中畑君も眉間にシワをよせる。

本当は、この一瞬に、いろんな感情が駆け巡った。

大切なことを話さなかった自分が悪い。
お母さんが大変なのに、たかがイジメにあって心が折れそうになっただなんて、情けないと思った。

強くならなきゃいけない。
そんなことはわかっていても
１人じゃやっぱり、辛い、ってことも。
矛盾だったり、そうじゃなかったり
たったひとつの正解なんてなくて。
毎日私の心はあちこちに揺らいで、
弱ったり、強がったり、
正しい道を探したけど、
そんなもの見つからなかった。

言葉が、出なかった。
どう言ったらいいのか、よくわからないことだらけで。
「凛は悪くないのにっ」
泣きじゃくる真奈に、つぐみちゃんと美保ちゃんも「私達もごめんなさい」と言葉を続けた。
「門倉が大変な時に、俺も無茶ばっか言って、ごめんっ」
がばっ、と頭を下げて、中畑君が叫んだ。
「ほんとだよ、アンタが悪いんだから」

「ちょっと、美保ちゃんっ」
「……だって、中畑が凛に告らなきゃこんなことにはならなかったじゃん」
まるで他人事《ひとごと》のように二人がそう揉《も》める。
「私が悪いの!!」
「……そんなの、もういいよ」
別に誰が悪いだとか、そんなものは何の解決にもならない。
私は、ゆっくりと皆に近づくと、地面に座りこんで両手をついていた真奈の手をとった。
「来てくれてありがとう」
真奈の涙が、嘘《うそ》なんて思わない。
苦しんだよね、真奈も。
辛《つら》かったよね、きっと。
じゃなきゃ今、真奈はこんなふうになっていないはずだ。

「私は、真奈が来てくれただけで嬉《うれ》しい、つぐみちゃんや、美保ちゃんも、わざわざありがとう」
誰かが悪いんじゃない。
そんなことを言ったら、私だって全然ダメで。
皆に迷惑をかけて。
足を引っ張って、
胸をはれるようなこと、
なんにもしてこなかったじゃないか。
真奈に頼ってばかりで

そのくせ、肝心なことはなにも言えてなくて。

＊＊＊

「凛、いじめられてたわけ？」
「……う」
私達の、ベランダ。
お父さんは、お母さんのそばで最後の一夜を過ごす。
私は、そんな二人の邪魔をしたくなくて、純弥君と二人で家に帰ってきた。
あ、いや。
正確には、皆で帰ってきた。
やけに純弥君を牽制《けんせい》してる中畑君と、
それを苦笑いで見る真奈。
その構図に、どうしたらいいのか相変わらずわからない私は、成長がないと言ったらそれまでで。
だって、人の心は、そんな簡単に整理なんてつかないから。
私だって、今もまだ
お母さんを失った心の穴が塞《ふさ》がったわけでも、
痛みがなくなったわけでもない。
ずっと胃はもやもやしてるし、油断したらいつでも涙腺《るいせん》が崩壊しそうだ。

そんな中、ちょっと不機嫌な顔の純弥君。

「なんで言わなかったわけ」
「べ、別に言うほどのことじゃ」
「嘘つけ」
いつになく、怒ってる。
こんな純弥君は見たこと、ないかも。
「……」
「しかも、告白されたんだ」
「……う、それは」
「すみに置けないですな、お嬢様」
「も、もう」
そう茶化した言葉で、すごく怒ってるわけじゃないんだ、
って思ってホッとする。

一人じゃ眠れないし
自然とベランダに二人で出て
無駄に止まらないおしゃべり。
それはきっと、私が静寂《せいじゃく》を怖がってる、って
純弥君が察してくれてるから。
そしてそれがとても助かってるし、
ずっとこうしていて欲しかった。

私、誰よりも純弥君に、頼ってる。

「泣かないの？　わーんわーんって」

「ば、バカにしてるでしょ」
「してないよ」
そう元気づけてくれて、少しでも私の気を紛《まぎ》らわせようとしてくれてる、その心地よさに
身を、任せる。

だから、油断してた。
ずっと、ずっと
純弥君はこうして私のそばで
この、ベランダで
ずっと、お隣さんで
ずっと一緒にこうしてそばにいてくれるのが、
当たり前だと思ってた。

「安心した」
急に真面目な顔をした純弥君は、
じっ、と私の顔を見た。
「……え？」
「友達。凛のこと思ってくれてる、友達
ちゃんといるじゃん」
「な、なに言っ……」
「俺がいなくても、凛はもう大丈夫だろ？」
なに言ってるの？って聞き返したら、そういう確認、ってよくわからない答えが帰ってきた。

そのまま二人で朝日を見て。
眠そうな顔をしていた私に、「ちょっとは、寝ろ」って、
純弥君は私を部屋に押し込んだ。
早朝の風が気持ち良くて、
開けっ放しの窓の淵《ふち》に腰をおろして
私が眠るまではここに居るから、って。
私は純弥君のその背中を見つめながら、いつの間にか夢の
中に吸い込まれた。

もうひとつのお別れ

あの日、一人で眠れない私のそばに
純弥君はずっと一緒にいてくれた。
一人だったらまた、孤独にのみ込まれていたかもしれない。
あの、意味深な言葉の意味がよくわからなくて
私は「そんなことない、なんで？」って。問いただせなかった。

何度、私は同じことを繰り返したら、学習するんだろう。
そんなことにはまだこの時は気がついていなくて。

私はお母さんとお別れを済ませた。
お母さんのいない家。
それは、大嫌いだった元の家に戻ったようにも感じたけれど。
決してそんなことはなかった。
お母さんの笑顔があった。
お母さんと過ごした記憶がちゃんとある。
お母さんが喜んでくれた、ベランダがある。

お父さんはまだ元気がないけれど、私たち親子二人で過ごす、向き合う時間が、今はここにある。
私だけでも、しっかりしなくちゃ！

休み明け、学校に戻ったら
何もなかったかのようにいじめはもうなくなっていた。
ただ、バツの悪そうな空気が漂《ただよ》っていたのは肌で感じた。
そんなの勝手だ、とか
調子がいい、とか
いろんな角度から見ることは出来るかもしれない。
でも、そんなことはもう、どうでもいいんだ。

いつもの、一番前の車両。
二番目の、ドア。
「おはよう、凛」
真奈の、笑顔。
私たちはまた、元通りの関係に戻れた。
ううん、前よりも、もっと深い関係だと思う。
思っていることも、悩みも、全部共有して。
大切な真奈が、もっともっとかけがえのない存在になった。
「純弥君、かっこいいよね」
真奈がなんの気なしに言った言葉。
「……うん」
「どうかした？」
だからもう、真奈に隠すことはなにもない。
「最近、逢《あ》ってないんだ」
純弥君がお隣さんで
私達がベランダで過ごした日々のこと。

お母さんのこと
中畑君のこと
全部、真奈に話した。
「あの日以来、ベランダに出てこないから、逢ってないの」

ヒーローは、私がピンチの時以外は、現れないらしい、なんてカッコつけてみる。
本当は逢いたいんだけど、そんな都合よく逢えるとは限らない。
だいたい元々、全部が偶然のタイミングだった。
約束して逢ってたわけじゃないから。
私のボヤきに、真奈は「本当に好きなんだね」って笑った。
好き？
これは、好きって気持ちなの？
当たり前すぎて
そんなことはおこがましいんだと、そう思ってたし。
そんな感情を抱いたことがなかったから、
真奈に言われるまで、全く意識してなかったことに気がついた。

気がつけば、純弥君は私のなかにいた。
――だから
「そ、そんなんじゃない」

「もう、今更またそんな素直じゃないんだから。顔、真っ赤だよ？」
「ええっ」
初めて語る、お互いのコイバナ。
「ま、真奈だってまだ中畑君のことっ」
「あー、もうそれ汚点。言わないで」
「汚点、て」
「わかんないの、実は。なんか、気になって気になって仕方なくて、ショックだったんだもん」
「自覚なかったの……」
「うん、そんで凛にあんな酷《ひど》いこと……」
「もう、いいよそれ」
この会話、何度目かわからない。
真奈がかなり気にしてるみたいで、何度も何度も謝《あやま》ってくれるけど、私だってダメなトコばっかりで、気がつくとゴメン大会になる。
いつもの日常に戻った、通学途中のヒトコマ。

だから、油断していた。

「ねーねー」
「あっついよねー」
「違う、って」
「何が」

「ほら、二年生にあのカッコいい人いたじゃん」
「誰よそれ」
「ほらー、春山純弥ってひと」
「あ、いるいる、超かっこいいよね」
「先輩に昨日聞いたんだよね」
「なにを」
「先週に亡くなったんだってー」

突然、背後から聞こえてきた会話。
私と真奈は、目を合わせて声の方向を同時に見た。
やっぱり、……聖鈴高校の、制服。
「すっ、すいませんっ」
私よりも早くに、真奈がその二人に声をかけた。
「そっ、その人って、背が高くて、髪が猫っ毛の、それって!!　本当の話⁉」

突然すぎた。
一瞬、なんのことかわからなくて、
でも、私達の耳には、何故《なぜ》かそれがまっすぐに聞こえてきたんだ。
まるで、そうなるのが必然だったように。
「ほ、本当ですよ、……先週の月曜日に亡くなった、って」

私と真奈は、また目を合わせた。
「げ、月曜日にって……私達、金曜日に逢ったのに!!」
真奈がそう声を出すと、二人は怪訝《けげん》な顔をして真奈を見た。
「やめてよ、怖い」
確かに、見知らぬ他校生に突然そんなことを言われたら、誰だって怖いに違いない。

でも、私達にとっては、他人事《ひとごと》じゃなかった。
聞き流したらいいだけかもしれない、ただの同姓同名。
私達は信じてなかった。

「どうなってんの」
真奈がそう呟《つぶや》く。
そうだ。
私だけじゃない、純弥君には皆もお通夜で逢ってる。
私だって、あの日、ずっと純弥君といた。
純弥君は、週末、一緒にいたもん。
でも、学校に行っても落ち着かない。
真奈が「そんなわけない」と言って、放課後うちにやってきた。
もちろん、純弥君の所在を調べるために。
このまんまじゃ、なんだかスッキリしないのは、真奈も私と同じだった。

実は真正面からお隣さんのインターホンを鳴らすのは初めてだ。
どこの春山純弥という同姓同名かはわからないけど、
聖鈴高校にその人がいたのは
嫌がられてるのにもかかわらず
しつこく真奈が問いただしてくれて確かなことみたいだし。
けどまだ、心のどっかじゃ
人違いだと、そう思っていた。

「はい」
チャイムを鳴らすと、インターホンから優しい声がした。
と、すぐに扉が開いた。
初めて見る、純弥君のお母さん。
その顔立ちは純弥君にそっくりで、ああ、純弥君はお母さん似なんだな、と、
この時はまだそんなことを考える余裕があった。
「初めまして、私、隣の門倉です」
「ああ、凛ちゃん？」
初めて逢ったはずの純弥君のお母さんは私を知っていた。
「お母さん、大変だったわね」
と、そう声をかけてくれた瞬間。違和感。
「あ、いえ……」
「純弥から、話は聞いてたのよ？
ありがとうね」

そう、話す純弥君のお母さんの表情が、
どこか儚《はかな》げで、消えそうな笑顔だったから。
いやな、予感。
胸騒ぎ、
そして
「良かったら、お線香あげていって？」
的中。

お線香……
そこまで明確な言葉を耳にしておきながら
私達はまだ、半信半疑だった。
いや、信じたくないだけだった。
それはあまりにも突然で
あまりにも、現実味がなさすぎて。
だって
だって
純弥君は。

通されたのは、いつかベランダから入った、私の部屋と鏡のようになっている純弥君の部屋。
「う、そ……」
真奈がそう、つぶやいた。
そこにあった遺影は、まぎれもなく
純弥君だった。

力を無くした私は、そのまま崩れ落ちるようにその場に座り込んだ。
真奈は口を押さえたまんま、立ち尽くしている。
「純弥がね、それはそれは楽しそうに凛ちゃんの話をしてたから」
遠くで、純弥君のお母さんの話す声がする。

突然、いなくなった純弥君。
私の中に、いろんなものを刻んで
純弥君は、突然
私の前から、いなくなった。
そのことが受け入れられなくて、私はベランダに立ちすくみながら、ずっと来ない純弥君の影を探す。
オバケでも、なんでもいい。
何も、言ってなかった。
気持ちすら伝えてないまま、
ありがとうすらきちんと言えないまま、純弥君は二度と逢えない人になってしまった。

胸に空《あ》いた大きな穴。
ベランダにいても、体が宙に浮いているみたいにふわふわする。
お母さんがいなくなって、

けど、その時とは違う苦しさ。
まだ、私の中で蕾《つぼみ》だった、淡い恋心が粉々に砕《くだ》け散った。

ベランダで森林公園の空の上を眺《なが》めたまま動かない私の隣に真奈も、寄り添うように立っていた。
「ここでいつも一緒にいたの？」
「うん」
「そっか」
「どうしてかなぁ」
食いしばった唇が震える。
涙はずっと瞳を濡《ぬ》らしていて、私はベランダの手すりを握りしめて、必死に我慢した。

どうしてかなぁ。
どうして、私の想いはいつも
後悔するカタチになるものばかりなんだろう。
どうしてもっと早く病気のこと……
「気づいてあげられなかった」
私が泣くようなことじゃない。
けど私は、そのまま真奈に抱きしめられて、初めて声を出して泣き叫んだ。
「私ばっかり、私ばっかり助けられて、なにも！」
うああ、ん。とそのまま泣き崩れた私を心配した真奈がその日は泊まってずっと私のそばにいてくれた。

泣いても泣いても気持ちは落ちつかなくて、
もう互いに言葉はない。
静けさの中で、私はずっと純弥君のことだけを考えていた。
お母さんがいなくなって
純弥君までもが、いなくなってしまった。

神様は私から
どれだけ大切な人を奪うつもりなんだろう。

純弥君は一体どれだけ、辛《つら》い気持ちを隠して
私を励《はげ》ましてくれたんだろう。
私は自分のことばっかりで、そんな大変なことにも全く気
がついていなかった。

私は、最低だ。
どうして
どうして、私じゃなくて。
私が代わりに、みんなの代わりに。
そうしたら、そしたら。いいのに。

純弥君がいなくなった実感が全然なくて
ベランダに出たら、また純弥君に逢えるような気がして。

私はあの日から毎日
毎日、月明かりのした
その月を眺めて、来るはずのない人をずっと待った。
けれど、お母さんのお葬式の時にいた純弥君は、いったい
どうしたんだろう。
もしかしたら、ここでこうしていたらひょっこり現れるん
じゃないのかな。
そう思うと、なかなか部屋に入ることが出来ない。

——不思議だ。
お母さんと見た空とも、純弥君と見たその空とも違う、
悲しそうな色をした空。
月の輪郭《りんかく》は、驚くくらいはっきりと見えて
空が澄んで見える。
そしてそれはいつの間にかぼやけていって、
最後には私はうつむいてしまう。

胸にポッカリあいた穴。
お母さんのことは、きちんと整理がついてるけど
純弥君を失った穴は、納得が全然いかなくて
諦《あきら》めがつかない。

そんなはずはないのに。
だって、

だって急にいなくなって。
当たり前だった存在。
いつだって、私の心を支えてくれて、
勇気づけてくれたのは、純弥君じゃないか。
私は、甘えすぎてたのかな？
当たり前だと思うことが、贅沢《ぜいたく》だったのかな？
一人でなにも言わずにいなくなった純弥君。
それでも、私の中で、何もかも納得は出来ていない。
私達のそばにいたのは、じゃあ、幻だったとでもいうの？

いなくなって、その存在の大きさに
大切な存在だった、
この、気持ちに気がつくなんて。

もっと早くに、気がついていたら。

「凛、ちゃんと寝てるの？」
顔色の悪い私を心配して、真奈は時々うちに泊まりに来てくれる。
それでも、眠れない。
「クマ、酷《ひど》いよ」
うん、だって
眠れないんだ。
いつも私のそばにいて

いつも私を励ましてくれた
純弥君が、いなくなったなんて。
どうしても信じられなくて。
ベランダに出ればまた、逢《あ》えるような気がして。

そんな風に、私は真奈に訴える。

＊＊＊

私の心に大きな穴があいたまま
いつの間にか季節は秋になっていた。
ベランダの仕切りは修理されて
元の形に戻った。
それが何もなかったことのように平然としているから、私はベランダが苦手になってしまった。
私達の過ごした数日間が、
まるで何もなかったことのように。
あの時、あの時間、私達のベランダで過ごした大切な時間。
確かに、あったはずなのに。
今じゃそんな痕跡はどこにもない。
でも。
忘れるわけには、いかない。

少しずつ眠れるようになった私は、それでもなかなかベッドには入れなくて。
ベランダで過ごすには肌寒くなった季節。
私はそれでもベランダで長時間過ごして、何度も風邪をこじらせた。
体調を崩してからは、リビングでテレビをつけたまま、ソファで朝を迎えるようになった。

その日も、つけっぱなしで、頭には入らない映像を
ただ、流し続けていた。
深夜ドラマが始まった。
23時30分から始まる、新しいドラマ。
パッ、パッと画面が切り替わっても、内容は頭には入って来ない。
それはいつものこと。
――けれど。
「……え」
一瞬のことだった。
液晶の中に見えたその姿に目を丸くする。
そこに映っていたのは、
……茶髪の、純弥君にそっくりな、人。
私は、慌《あわ》てて画面にへばりつく。
「うっせーんだよ!!」
四角いその箱の中で、その人はそう台詞《せりふ》を口にしていた。

番組表を見て、出演俳優の名前を調べる。
無我夢中だった。
自分でも驚くくらい、手際が良かった。

春山光弥《みつや》

そこには、そう
名前が載っていた。

「春山、みつ、や？」
純弥君とそっくりのその彼は、純弥君と同じ名字だった。
これは、ただのそっくりさんなんかじゃ、ない。
私は、そう根拠もなく直感した。
携帯で「春山光弥」を検索する。
ネット検索で出てきたのは、
日本の俳優
そう、書かれていた。
出身地は、私と同じ地域だ。
胸がざわつく。
確かめたくて、確かめたくて
でも、時計はもう、日付を変えている。

「……どういう、こと？」
胸がギュッとしめつけられたように苦しくて。

ただならぬ事態に落ち着かなくて、私は真奈に電話をかけた。
もう眠っているのか、真奈は電話には出なくて
私はこのことを真奈に話したくて、興奮して眠れなかった。
一晩中、春山光弥という俳優のことをずっと調べて眺めていた。
見れば見るほど
驚くほど、純弥君に彼はそっくりだった。

KIMIIRO.

ほんとうのあなた

一睡も出来なかった。
苦しくて、苦しくて
この気持ちがなんなのかわからなくて。

私はいつものように、電車に乗り込んだ。
「ちょっと凛、顔色悪いよ？　大丈夫なの？」
真奈が怒った顔をして私に声をかける。
「違うの、真奈、あのね……」
フラフラして、電車に乗り込んだ瞬間なんだか気持ち悪くなった。
でも私は、一刻も早く真奈に伝えたくて焦っていた。
――その時
「あっれー、春山久しぶりじゃん」
鮮明に。
その言葉が、まっすぐに耳に飛び込んできた。
目の前の真奈の話してる言葉は何も聞こえないのにその声は、私の脳を直撃した。
私は振り返る。
「おー」
一つ扉の向こう。

見慣れた姿。
焦《こ》がれた、姿。

私服姿の、栗色の髪の
その姿に、世界の時間は、一瞬で止まった。

気がついたら私は、人をかき分け、光弥君の目の前に立っていた。

「光弥君」
初めて彼を、そう呼んだ。
でも、私はわかっている。

「純弥君なんでしょ？」
それは、私の願いでもあった。

「だれ？」
変なものを見るような目付きで
本当に嫌そうな顔をして。
光弥君は、私を睨《にら》んでそう言った。
「あれ？　知り合い？　超可愛いーじゃん、紹介しろよ」
「知らねーよ、こんな女」
無愛想にそう答える彼は、本当に迷惑そうにして、私を見ないままそう言い放った。

違う
違う。

「凛‼　……って、えっ⁉」
遠くで、私を追いかけてきた真奈の声がした。

純弥君は、こんな風に私に冷たい言葉を放たない。
純弥君は、いつでも私のヒーローで
純弥君は、
純弥君は。

だんだんと意識が遠くなる。
あ、私、今日ちゃんと寝てなかったから、――眠らなきゃ。

これは、夢なのかな。
目覚めたら、純弥君が元にもどっていたら、いいのにな。

＊＊＊

それは、偶然。
いつかの、駅のホームの風景。
「……凛」
私を呼ぶ、優しい声。
温かい、体温。
肌寒い風がホームを吹き抜けて
グレーの絵の具で塗りつぶしたような、空の色。
電車で倒れた私を抱きかかえて、光弥君はホームに降りた。

真奈も一度一緒に降りたと、光弥君から聞いた。
でも光弥君に任せて
先に学校行ってる、って。そう言ってた、って。
やっぱりこの体温は、安心する。

「光弥く、んっていう名前が、本当？」
私は、寒くて動きの鈍い唇を動かす。
私の身体には、光弥君のグレーのパーカーがかけられていた。
「なんで、そんなふうになってんの」
悲しそうに眉を下げて、光弥君がそう呟《つぶや》く。
ほらね、やっぱり、光弥君が純弥君だ。

この半年で私の体重は片手ほど減った。
お母さんのことに整理がついたといっても、その哀《かな》しみが癒《い》えたわけじゃない。
納得はいっている、ってことなだけ。
お母さんはしあわせだったと言ってくれた。
お母さんの子供に産まれてきて、私だってしあわせだった。
でも、私は純弥君が消えたことに、納得なんか出来なかった。
理解出来なかった。
受け入れられなかった。

「……純弥君、って」
「俺の、双子の弟なんだ」

今こうして私の身体を受け止めて、
私に体温をわけてくれているのは、光弥君だ。
この体温を、私は知っている。
あったかくて、優しくて。いつも私を守ってくれていた、
あの体温だ。
「……そっか、じゃあ」
本当はずっと気になっていた。
泣きじゃくる病院の屋上で
私の背中を押してくれた、あの純弥君の手は、驚くほど冷たかった。
それは私に与えてくれていた体温とは、真逆のそれだった。
けど、私を後押ししてくれた、優しい体温だった。

私のことを、「凛ちゃん」と呼んだ。
その時に違和感は覚えてたんだ。
ただ、それを考える余裕があの時なかっただけ。
酷《ひど》く、冷たくて、柔らかなあの指先に。
「お母さんと同じ病院に入院、してたの？」
「そう」
「どうして、こんなこと」
それを聞いてしまえば、今度こそ本当に光弥君はいなくな

ってしまうかもしれない。
「純弥がさー」
いつも私がそう呼んでいた名前を、光弥君が口にする。
それはとても悲しそうに。
まるで、あのグレーの空に呼応しているような
苦しそうな声だった。
今ならはっきりと。
光弥君と純弥君が別々の人間だと、くっきりとその輪郭《りんかく》が
浮かび上がる。
どうして、もっと早くに気がつかなかったのか、後悔して
もしきれない。

そうだ、ずっと純弥という名前を口にして
ずっと私のそばにいたのは
ここにいる光弥君だ。

「病院で凛のこと、見かけたって。
いつも泣いてんの。泣きたいのは、こっちだよ。って最初
は思った、って。
でもさ。
そのうち、凛が気になって。
よく見かける凛のお母さんが目に入るようになった、って。
そうしたらさ、自分と重なってきたんだ、って。
自分も怖くて、孤独で、辛《つら》くて、死んだら忘れ去られて、

いなかったみたいな存在になって。
なんで俺が病気になんかなったんだ、って」
そう、言うんだよ、って。力のない声で。光弥君は続ける。

「……」
私は言葉が見つからず、ただずっと黙ってその声色を体に染み込ませていた。
「なんで、俺（光弥）じゃねーんだ、って。思ってたと思うよ、あいつ、言わなかったけど」
悔《くや》しそうに、歪《ゆが》めた表情で。
まるで自分を責めるように、光弥君が言った。
「……そんな」
そうやって、ずっと
ずっと自分のこと、責めていたの？
「けど、あいつ言ったんだ。
屋上で何回か凛を見てたらさ、
残される人の苦しさも、同じなんだ、って。
自分だけが、そういう想いじゃないんだ、って。
そう思ったら、凛と、話してみたくなったらしいんだ。
そういうくせに、このままの自分じゃ無理だから、って。
『俺のかわりに、凛を支えてあげて』
って、さ」

「自分がもらった勇気、凛にもお返ししたい、って。

けど俺が凛の目の前に現れたら迷惑だろう、って。
どうしたらいいか、ずっと考えてた。
実はさ、俺、俳優の卵なの。
でも、全然仕事なんかこねーし、暇《ひま》だし。才能ねーし。
純弥が病気でやさぐれてた時に、いたずらで純弥のかわりに学校に紛《まぎ》れ込んでたんだ。
誰も俺が光弥だなんて、気がつかねーの。
だから純弥になりかわって、あいつの分身になって学校でのこととか報告したりしてさ、したらあいつ、すげー楽しそうだったから」
ああ、それでか。

「あの日、バスターミナルで。
タイミングよく凛のこと見つけた時から、
思いついてたんだ。
そうだ純弥になりきろう、って
光弥としてじゃなく、俺が代わりになって
純弥の希望をかなえてやろう、って」
「そう、だったんだ」
私のこと、知ってて近づいたんだ。
純弥君のために。
そう、か……

ホームに、悲しい風が吹き抜ける。

電車が来て、その強風が、私達から熱を奪っていく。
沈黙が流れて、私はその事実を知らされて。
二人で過ごしてきた時間が、
偽《いつわ》りの時間だったと突きつけられたようで、
体を寄せ合うこの体温は、
じゃあ純弥君だと思えばいいのか、
純弥君を演じていた光弥君だと思えばいいのか。
どうしたら
光弥君のこの哀しい心が、報われるのか。

見つけなければ、良かった？
光弥君は、私と過ごした時間を純弥君のものにしてあげたいと思ったから、私の前から消えたんだね。
完璧に、純弥君を演じるために。
私は、自分の心を犠牲にして。
だったら私は、光弥君の想いに納得したふりをすれば……
それで、二人が救われるのなら。

私は、
「わか……」
「嘘《うそ》」
「……え？」
「やっぱ、嘘」
「な、なにが……」

「俺、引っ越して来たときから、知ってたんだ」
「……え？」
「凛がいつもベランダで泣いてんの。純弥より、先に知ってた。俺もそんな凛にいつの間にか、励《はげ》まされてたんだ」

私の、知らないところで。
また、一つ。
語られる、真実。
「やっぱ双子だな。
同じ女の子に惹《ひ》かれるなんてさ。
だから、凛と毎日一緒にいればいるだけ、辛かった。
毎日、毎日。
凛のこと、大事になっていって。
純弥を演じて、その日あったこと、純弥に伝えてやるとさ。
自分のことのように、喜んだ。
元気になってくれるから。
でも、こんなんでいいのか、って。
悩んで。
俺、凛への気持ち、純弥に言えないまま、あいつ……」

光弥君の葛藤《かっとう》が、伝わる。
でも、私にとっては、
「……ズルいよ」

私は涙を瞳にずっと溜め込んでいたけど
一気に溢《あふ》れかえってそれを全部ぶちまけた。
「だから、って。私の前から黙って消えちゃうなんて、酷いよ」
「ごめん」
「勝手だよ」
「凛、ごめ……」
「光弥君は、私の純弥君だった。
それでいい、けど。そんな苦しみ一人で抱え込んで、
私はそんな頼りない存在だったの」
光弥君だとか、純弥君だとか
「名前が、光弥君でも純弥君でも、
私には同じ、私にはわかる。
だって好きな人のこと、見間違えたりしない。
好きな人のこと、支えたいって、私だって思ってる。
たとえ、頼りなくっても、一緒にいたいよ」

「……凛」
「もう、いかないで。どこにも。
私のこと置いてかないで。
黙っていなくならないで」
「……凛」
「もう、泣きたくないよ。
笑顔でいてよ、って言ったの

光弥君だよ？」

ずっと心に開いてた大きな風穴。
好きだとか、
恋だとか
そういう言葉じゃ、表せない。

「大切なの、一緒にいてくれた、
私のことを支えてくれたあの日々が。
あの、かけがえのない時間が……全部嘘になっちゃう」
「凛……
ごめん、俺、許せなかった。
だんだん凛を好きになって、独占したくて。
純弥がしたくても出来ないことして、
俺だけが凛とのうのうと楽しく笑ってるくせに、
自分が光弥だって言うのは卑怯《ひきょう》だと思った。
このまま凛に嘘をついて、ずっと純弥でいることが、
純弥のためなんじゃないか、って」
「嘘じゃない、嘘なんかじゃないよ」
そんな、なかったことになんか出来ない。

私達が過ごした時間は、確かにそこにあった。
私達が乗り越えなきゃいけない哀《かな》しみは、
私達が成長するために必要だった試練。

もう、二度と同じ過ちを繰り返さないように。
もっと、強くなるために。
大切なものを守るために、強くなるんだ。

いなくなった純弥君のことを、忘れるわけじゃない。
ないがしろにするわけじゃない。
でも、その悲しみにとらわれて
自分達をないがしろにすることを、純弥君は望んでなんか
いないはずだ。
純弥君は、言った。
ありがとう、って。
その言葉に全てが込められていたわけじゃないとは思う。
きっと私達には、はかりしれない想いを、悔《く》やみきれない、
歯痒《はがゆ》さや、哀しみ、恐怖もあったはずだ。
だけど、ずっと過去ばかりにとらわれることなんか、望ん
でないと私は思う。
残された人が、泣いてる姿なんか
きっと純弥君は、——望んでない。

「……凜、凜のその強さに、俺達は惹かれたんだ。
一人で耐えて、我慢して。
一人でこっそり誰にも見えないとこで泣いていたのは、
いつだって、自分を出さずにずっと我慢してたからだろ。
諦《あきら》めて、全部投げ出してヤケクソになってた俺たちの目を

覚ましてくれたのは、凜なんだよ」
「そんなことない、私は」

私は、弱かった。
でもいつの間にか。
ベランダでのあの日々が、私を変えていってくれた。
私を哀しみの淵《ふち》から救いあげてくれたのは、光弥君だった。
そして、そのきっかけを与えてくれたのは、純弥君だ。

お母さんとの時間を与えてくれたのも
私にいろんな強さを与えてくれたのも
全部、光弥君と純弥君の力だ。

そして、私に初めての恋を教えてくれたのも、光弥君。

さっきまで曇《くも》っていた空から、雲がはけていく。
隙間に見えた、青空。
私達を、ゆっくりと太陽の日差しが照らし始める。
いつの間にか、ホームに人《ひと》気《け》がなくなっていた。
声が、通る。

「光弥君が、私を変えてくれたの」

弱くて、逃げてばかりいた私が。

現実から逃げないでいられたのも、全部。
光弥君がいてくれたから。
そして、これからも。
いろんなことを乗り越えて、その都度悩んで、そして支えていける存在になりたい。
「凛だって、俺を変えてくれた。俺、凛のおかげで、大きな役が、決まったんだ」

私達はそれぞれに、色を変えて、そして時を重ねていく。

私は、君色に。
君は、私色に。

ずっと、となりで。
これから、ずっと。

「ごめんな、凛」
「もう、一人で悩まないで」
「うん」
「もう、隠し事しないで」
「うん」
「おめでとう、光弥君」

涙が滲む。

今更溢れ出してきた涙。
私の身体を、光弥君がぎゅっと抱きしめる。

まだ、芽生《めば》えたばかりの恋心。
この涙はもう、悲しみの涙じゃない。

「もう泣くなよ」
互いの身体に、響く声。
私は、忘れない。
二人で乗り越えた、この悲しみを、ずっと、ずっと。

「騙《だま》して、ごめんな。
さっきはひどいこと言って。ごめんな。
好きだよ、凛」

ずっと響く、この心地よい声を聞きながら。
私はしばらく瞳を閉じた。

悲しい別れ、それはまたこの先もあるかもしれない。
けど、私を変えてくれたこの人となら、きっと乗り越えていける。

side 光弥

ベランダ姫

君を初めて見たのは、バス停だった。

その日、ため息をつきたい気持ちで落ちてた俺の前で、彼女は俺よりも先に思いっきり大きなため息をついた。
それがおかしくて、俺は彼女の後頭部付近で噴き出した。

どんな顔をしているのかが単純に気になった俺は後ろから続いて乗り込んだ。
スカスカのバスの中、不健康に青白い顔をした彼女は立っていた。

それからたびたび彼女を見かけるようになった。

自然と、ただ気になって、目で追っていた。
それ以上でも、以下でもなく。

＊＊＊

俺には優秀な双子の弟がいる。
見た目は親以外ほとんど見分けがつけられないほどそっくりなのに、中身は全く違う、相反する兄弟だ。
頭が良く温和な純弥《じゅんや》は聖鈴《せいりん》高校に、ガサツで落ち着きのない俺はその同じ駅にある校則もゆるくて制服もない自由な校風の永光《えいこう》学園に通う。

ぶらりと歩いていた繁華街でスカウトされたのは高１の夏。

人生なんて簡単だと思っていた。
何もかも、うまくいっていると思っていたんだ。

最初にメンズ雑誌で専属の仕事がもらえた。
うちの永光学園にはそういったやつが何人かいて、学校側も活動に制限をかけたりしない。
芸術的な分野に理解のある学校だった。
そのうち演技の勉強をしないかと言われて劇団に入った。
演技なんてものも、楽勝だと思ってた。
この時の俺にできないことなんて、ないと思っていた。
世界は全部。自分中心に回ってる、って。そう思っていたんだ。

でも、現実はそんなに甘くなかった。
毎日毎日ダメ出しされることしかない稽古《けいこ》は面白くなく、
気がついたら劇団には行かなくなっていた。

そんなある日、高熱を出した純弥が入院をした。
風邪なのに入院なんて大げさだな。って、
そんな大した病気だなんて思ってもみないから、入院したらすぐに治《なお》って帰ってくるだろう。それくらいに思っていた。
突然暇《ひま》になって家に帰ってもやることのない俺は、毎日夜遅くまで遊んで帰って、劇団に行ってるふりして親に嘘《うそ》をついてやさぐれていた。

そんなときに、彼女に出会った。

学校に行く途中、ただ目が自然に彼女を追っかけてただけだ。
出会うたび彼女はため息をついていて、出会うたびに彼女の顔色は不健康そうに白くなっていく。
ふらふらした足取りなのに、彼女は席につかない。
何度か声をかけそうになったけど、思いとどまった。
声をかけて、どうすんの。って。

純弥が入院してから数週間たった。

俺は自分のことに精一杯で、純弥の身になにが起きてるかなんて全く気がつきもしていなかった。

「光弥《みつや》、劇団にも行かずに毎日何してるの」
毎日の夜遊びが母さんにばれた、その日の夜。
「ちょっと話があるから」

目を真っ赤にした母さんが、純弥の病気が癌《がん》だと言ったこの日の夜。
俺は、ベランダに飛び出して、泣いた。
月夜の明るい夜だった。
唇をかみしめても涙は止まらなくて、純弥と一緒に刻んできた“時の思い出”が一気に溢《あふ》れ出してきた。

気持ちに整理なんかつけられるはずもないまま、ただ、泣いた。
特別、最近一緒に過ごすこともなかった俺達。
純弥は学業優先、俺は自由奔放《ほんぽう》に芸能に魅了《みりょう》されていた。
けど、そんなものにも見切りをつけて適当に送っていた毎日。

なんで、純弥なんだ。
なんで、俺じゃないんだ。

それから毎日、ずっと考えた。
まだ寒い外気の中、俺はずっとベランダで途方に暮れていたんだ。

「……お母さん」

ある日。
聞こえてきた声。
耳をすませば、すすり泣く音。
俺はそっとベランダから身を乗り出すと、そこにはあの“ため息の彼女”がしゃがみこんでいた。

いつも、ため息をついていた彼女は泣いていた。

なんだろう。
自分と同じように、すすり泣く彼女が、とても気になって。
どうして、泣いてるのかがすごく気になった。
同じ苦境で、なにかを分かち合うことで気が楽になるとでも思っていたんだろうか。

そんな中、外泊許可の下りた純弥が突然帰ってきた。
俺は、純弥に病気のことを言い出せずにいた。
演技の勉強をしていたくらいだ。
純弥に嘘をつくのなんて、簡単なことだった。

純弥は、病気のことはまだ知らない。
だから休学届も出していない。
俺たちは悪ふざけを思いついた。
学校に行けない純弥の代わりに俺が純弥になって、聖鈴高校に通学してみた。
誰も俺が光弥だと気がつかない。

最初はそれが楽しかったのに、数日後には虚《むな》しくなっていた、そんなある日。

「なあ、光弥」
学校から帰ってきた俺から、学校での今日の俺の報告を聞き終えた純弥が
「隣の女の子さ、俺の入院してる病院でいつも泣いてる子なんだ」
ドクン、と。
心臓の唸《うな》る音が身体に響いた。
「隣の女の子？」
知ってるくせに、何も知らないフリをした俺は、純弥の言葉を待った。
「そう、ベランダで泣いてる女の子、病院の屋上でも泣いてた」
「へ、へぇ」
「光弥、俺さ。もう長くないみたいなんだ」

いろんなことで胸がいっぱいになって、もう言葉が出てこない。
「残される人間だって、苦しいんだな」
「……え」
純弥は、彼女と話してみたいと言った。
でも、それは病気の母親だけならまだしも、先の短い自分が関わることで彼女にもっと辛《つら》い思いをさせるだけになるから、と。

「お願いがあるんだ」
純弥は言った。

「俺ができないことを、光弥に頼めないかな」

純弥は、別になり代わりを望んだわけじゃない。

駅前、バスロータリー。
ベンチでたたずむ彼女を見つけた瞬間。

その日、たまたま聖鈴高校の制服を着ていた俺は、泣きそうな顔をしていた彼女に声をかけた。

「どうしたの」

そして俺は、名乗る。

「純弥」

名を名乗った瞬間
俺は、後悔した。

彼女は、ベランダで泣いてた、俺の分身。

ベランダ姫は、俺だけの彼女じゃなくて。
俺が純弥を名乗ったその瞬間から

純弥のものになったんだ。

それが、俺と彼女の始まりだった。

＊あとがき

はじめまして。
ゆあです。
この本を手に取っていただいて、ありがとうございます。
そして、最後まで読んでくれてありがとう。
この“君色”は、集英社さまのSeventeenイベントだけに応募するために書き上げた思い入れのあるとても大切な作品です。
それがこうやって、本になって、いろんな人の手元に届けることが出来て、本当に夢みたいに幸せです。

大切な家族がいなくなっていくたびに、いつも私は自分の無力さに後悔をたくさんしてきました。
大好きなのに、うまく伝えられなくて。
いなくなってから、どうしてあの時、あんなこと言っちゃったんだろう、って。
もっとほかに喜ぶことといっぱいしてあげられたはずなのに。って。
たくさん、沢山、後悔しました。
残されていく側にある悲しみは、それを誤魔化《ごまか》そうとしても、そううまく出来ません。
でも、想いってすごいんです。

その思い出は、ずっと私の心の中で、悲しみよりも大切な笑顔だけになって全て鮮明に残っています。
それは、いろんな場面で私を支えてくれました。
今、もがいている人にも、支えている側の人達にも。
そして、今しかない時間を大切にしてほしい。
大した人間ではありませんが、そんなメッセージを沢山込めました。
思春期の小さな世界の中でもがく少年少女たちの葛藤《かっとう》。
成長途中の凛と光弥が、これからまた困難に立ち向かう、そんな姿がもう頭に描かれています。笑
ひと休みしてまた、二人に逢《あ》いたいな、と思っています。
その時はまたお付き合い頂けたら嬉《うれ》しいです。

最後になりましたが、この作品を集英社様に届けてくれた親愛なるエブリスタ担当編集者さま。
素敵な本のカタチにして下さるためにたくさんのお力添えをくださいました編集者さまに、
そして、連載中に支えてくださった読者さまに心から感謝申し上げます。

皆様に、幸福がおとずれますように。

2014.11　　ゆあ

★この作品はフィクションです。実在の人物・団体・事件などにはいっさい関係ありません。

ピンキー文庫公式サイト

pinkybunko.shueisha.co.jp

著者・ゆあのページ
（E★エブリスタ）

★ ファンレターのあて先 ★

〒101-8050 東京都千代田区一ツ橋2-5-10
集英社 ピンキー文庫編集部 気付
ゆあ先生

ピンキー文庫

君色。
～ベランダ越しの恋～

2014年11月26日　第1刷発行

著　者　ゆあ

発行者　鈴木晴彦

発行所　株式会社集英社
〒101-8050　東京都千代田区一ツ橋2-5-10
【編集部】03-3230-6255
電話【読者係】03-3230-6080
【販売部】03-3230-6393（書店専用）

印刷所　凸版印刷株式会社

★定価はカバーに表示してあります

ISBN 978-4-08-660132-0 C0193